Às mulheres
que dia após dia
continuam lutando
pelo direito de ser.

Copyright © Michaelly Amorim, 2021

Todos os direitos reservados. É proibido o armazenamento, cópia e/ou reprodução de qualquer parte dessa obra — física ou eletrônica —, sem a prévia autorização do autor.

Esta é uma obra de ficção, qualquer semelhança com nomes, pessoas, fatos ou situações da vida real é mera coincidência.

REVISÃO: *Barbara Pinheiro*
CAPA E DIAGRAMAÇÃO: *Amorim Editorial*

Esta obra segue as regras do Novo Acordo Ortográfico da Língua Portuguesa.

DADOS INTERNACIONAIS DE CATALOGAÇÃO NA PUBLICAÇÃO (CIP)

A524s Amorim, Michaelly
Uma segunda chance para o amor / Michaelly Amorim
Piracicaba, SP: Freya Editora, 2021.
1ª Edição
232p. 23cm.

ISBN: 978-65-87321-25-7

1. Ficção Brasileira I. Título II. Autor
CDD: 869.3
CDU: 821.134.3(81) - 3

[2021]
Todos os direitos desta edição reservados à
FREYA EDITORA.
www.freyaeditora.com.br

Uma segunda chance para o amor

MICHAELLY AMORIM

1ª EDIÇÃO
2021

FREYA

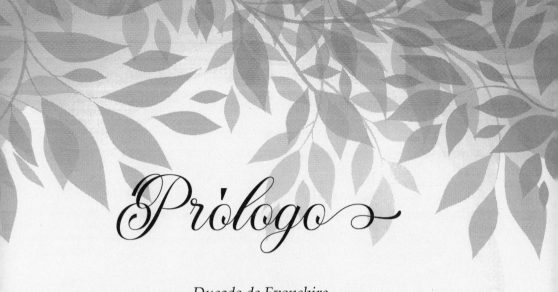

Prólogo

*Ducado de Evonshire
12 de Setembro de 1808*

Elijah Benedict Crosbey, filho do quinto conde de Hawkish, seguia de carruagem para o seu casamento e estava completa e irremediavelmente bêbado.

Poucas pessoas testemunhariam aquele escândalo que seria uma mancha a mais na reputação — já não tão impecável — de sua família.

Desde que percebeu que o renome de sua família era a coisa mais importante para seu pai, o herdeiro do Condado de Hawkish vinha fazendo de tudo para macular o prestígio da sua linhagem. E chegar ao próprio casamento — do qual não podia fugir — em um estado tão lastimável quanto aquele, era mais do que suficiente para enfurecer o conde, sem quebrar a promessa feita à sua mãe.

Quanto à sua noiva, preferia não pensar muito nela ou se sentiria culpado por seu estado atual e por todas as coisas horríveis que fez durante o noivado, que certamente a desagradaram.

Sua cota de prostitutas, dívidas, brigas e escândalos tinha sido ultrapassada nos anos que se seguiram entre a morte de sua mãe e o casamento. Foram dois anos fazendo o pior possível para atingir o seu pai. E nem mesmo no dia do casamento perderia a chance de alfinetá-lo com o vexame que causaria naquela ocasião.

Tropeçou ao descer da carruagem e quase foi ao chão ao tentar subir os degraus da igreja. Sentia o mundo girar de forma cômica ao seu redor e manter-se em linha reta era um desafio grande demais para ele.

Assim que notou o olhar surpreso — que logo se tornou irado — do conde, enquanto entrava pela nave central cambaleando, e começou a ouvir os sussurros espantados dos convidados diante do estado boêmio dele, Elijah soube que seu propósito havia sido alcançado.

— Querida, cheguei. — Elijah mal reconheceu a própria voz, tampouco se importou com a cena que estava protagonizando.

Seguiu para o altar onde ocuparia o seu lugar diante do bispo. Seu pai não se dispôs a dirigir-lhe nenhuma palavra, o que era esperado, pois o homem jamais se alterava diante das pessoas.

O bispo olhou para ele perplexo e em seguida se voltou para o conde:

— Milorde, não posso celebrar o casamento com o seu filho nesse estado.

— É uma pena, reverendíssimo, que a igreja, a qual devo lembrá-lo, subsiste por causa de minhas generosas doações, venha a sofrer por causa das atitudes inconsequentes de um filho ingrato. Espero que encontre outro benfeitor tão devoto.

A ameaça do conde teve um efeito imediato no bispo.

— Não precisamos nos precipitar. Não é necessário tomar decisões tão infelizes. — O bispo mudou o discurso e olhou para Elijah com escrutínio. — Acredito que me enganei. Ele está sóbrio o suficiente para que este casamento seja válido. Vamos continuar. Onde está a noiva?

Como que por obra do destino, a noiva chegou.

Elijah observou sua futura esposa entrar pela nave central ao som do coro da igreja e se colocar ao lado dele.

Sentiu o coração apertar, mas o excesso de álcool o deixava entorpecido até para isso.

— Lorde Hawkish, o que significa essa afronta? — lorde

Evonshire bradou, irritado, ao ver o estado do noivo. — É um desrespeito sem tamanho que este casamento se realize nessas circunstâncias. Eu exijo uma retratação.

— Perdão, lorde Evon... — Elijah falou, enrolado, sentindo a língua pesar por causa da bebida. — Shire. Eu fiquei tão ansioso por esse.... *hip*.... casório, que não consegui me acalmar e bebi um... *hip*... pouquinho assim, oh.

O noivo ergueu os dedos em formato de pinça, indicando que bebera pouco, o que ninguém acreditou. E então reparou na sua noiva.

— Você está ainda mais linda... *hip*... do que quando a conheci. Céus, você é um... *hip*... anjo, de tão linda. Padre, case-nos imediatamente, antes que ela desista de mim.

— Eu me recuso a dar minha filha em casamento para esse bêbado! — o pai de Alphonsine bradou, virando o rosto para não olhar para Elijah.

— Ele está em plenas condições de se casar, apenas exagerou um pouco na bebida e agora está alegre — lorde Hawkish retrucou em defesa do filho.

— Ousa dizer que estou mentindo, Hawkish?

A tensão entre os dois nobres ficou evidente. E a noiva decidiu interferir.

— Papai, por favor, não faça isso.

O duque ficou surpreso ao ter a mão da filha sobre seu braço.

— Mas, minha filha... ele está bêbado.

— Se o conde e o bispo acham que ele está lúcido o suficiente para se casar, eu não vejo problema. — Alphonsine sorriu para o pai. — E ele está muito mais agradável assim, o senhor não acha?

O duque notou que Elijah olhava apaixonado para sua filha, bem diferente de todas as vezes que a evitou ou a tratou apenas com educação e formalidade, nos últimos dois anos.

Entretanto, temia que aquele casamento não trouxesse a felicidade que sua filha merecia.

— Você tem certeza de que é isso que quer?

— Sim, papai — confirmou lady Alphonsine. — Eu ainda o amo. Tenho fé de que as coisas mudarão a partir de hoje. Eu o mudarei.

Lorde Evonshire suspirou, sua filha merecia muito mais do que aquele homem, mas se ela estava de acordo com o arranjo, ele não seria contra.

— E será feliz? — perguntou para se certificar.

— Acredito que sim. — Alphonsine sorriu mais uma vez para o pai, e recebeu um beijo delicado em sua fronte.

— Então não serei o impedimento para a sua felicidade.

Lorde Evonshire entregou a mão de sua filha para o noivo e se pôs em seu lugar para acompanhar o enlace.

O bispo deu início à celebração e Elijah parou de pensar. Quando a cerimônia foi concluída e o celebrante os declarou marido e mulher, Elijah puxou sua esposa para seus braços e para o escândalo de muitos — e suspiros de alguns —, ele a beijou de forma completamente indecente.

Após saírem da igreja, seguiram para a recepção em Growth Castle, no Ducado de Evonshire, onde comemoraram aquele enlace e Elijah rapidamente voltou a beber, causando mais alguns escândalos que não seriam esquecidos pelo conde, tampouco pelo duque ou a duquesa, e muito menos pelos convidados ou pelas colunas de fofocas dos próximos periódicos.

Todos se lembrariam daquela data com os mais diversos sentimentos, entretanto, para Elijah aquele seria um dia que nunca existiu.

Capítulo 1

12 de setembro de 1815.
Crosbey Manor, sete anos depois.

Naquele dia, completava sete anos que lady Alphonsine Crosbey, futura lady Hawkish, se casara, mas diferente das outras esposas ao passarem pela mesma data, Alphonsine nunca a comemorava.

A verdade é que não podia considerar-se casada durante todo aquele período. O único dia em que se sentiu uma esposa, fora no dia do seu casamento. Todos os outros dois mil, quinhentos e cinquenta e seis dias que se seguiram, ela poderia facilmente ter se considerado solteira ou viúva.

Tudo isso porque o seu marido a abandonara um dia depois do casamento.

Ela não entendia o motivo de ele ter feito aquilo. Lorde Crosbey não a consultara, nem pedira a opinião dela, apenas partira, deixando-a com uma única carta explicando o que fizera.

"Amanhã irei para a guerra. Coloquei essa casa em seu nome para que possa ter alguma segurança financeira, caso eu venha a morrer. Os

papéis estão com o Sr. Halford administrador. Ele cuidará de tudo para você e você receberá uma quantia considerável por ano que lhe permitirá alguns luxos. Estamos casados no papel, mas não a quero presa a mim, assim como não me prenderei a você. Seja feliz e tenha uma boa vida.

Atenciosamente, E. B. Crosbey."

E assim ela teve o seu coração partido.

Casara-se com Elijah completamente apaixonada por ele, mas logo percebeu que todo o amor que um dia existiu entre eles, não passou de uma mera ilusão.

Nos meses que se seguiram, ela se recusou a aceitar aquele destino. Ser uma boa esposa, respeitar, obedecer e dar herdeiros a seu marido era o papel que a ensinaram a desempenhar, e não sabia fazer outra coisa além daquilo. Enviou diversas cartas para o regimento onde o seu marido deveria estar lutando, pedindo que ele retornasse para ela, mas não recebeu nenhuma resposta.

Depois de algum tempo, percebeu que se lamentar não resolveria nada e passou a apenas cuidar de sua propriedade e agir como se fosse uma mulher viúva, mas sem usar preto por acreditar que isso poderia trazer a morte ao seu marido em batalha.

Aos poucos, enxergava o seu casamento sem marido de uma forma diferente, e sentiu algo que até então lhe era desconhecido: liberdade para ser e agir conforme desejasse. Ela não precisava ser uma esposa, pois seu marido estava a muitas milhas de distância e pouco se importava com ela, assim, podia apenas ser uma mulher. A mulher que quisesse.

Alphonsine começou a apreciar a sua liberdade. Tinha uma casa boa, criados competentes, seu administrador era um homem íntegro, inteligente e, acima de tudo, se tornou seu amigo. Ele a ensinou como a propriedade deveria ser administrada, a incentivou a aplicar o dinheiro em investimentos lucrativos.

Como seu marido ainda não havia assumido o condado, Alphonsine não precisava cumprir as tarefas de uma condessa. Por não ter terras que pudessem lhe servir de renda, a lady decidiu juntar a sua mesada[1] que vinha dos cofres do condado de Hawkish, e investir aquele dinheiro em algum negócio lucrativo.

Entretanto, percebeu que precisaria da autorização de Elijah para assinar em nome dele os contratos que faria.

Novamente escreveu para o marido, dessa vez rezava para que ele respondesse a carta, precisava que ele permitisse que ela fizesse investimentos em seu nome. Foi a primeira e última vez que ela recebeu uma resposta durante toda a guerra.

Após aquela carta, tudo mudou e Alphonsine começou a fazer investimentos cada vez maiores. Aos poucos, lady Crosbey se tornou uma mulher independente, extremamente rica e livre.

Uma das primeiras coisas que fez quando começou a receber os lucros de suas ações, foi conversar com o seu sogro, e assumir a manutenção e a criadagem de Crosbey Manor. Apesar de o homem achar aquela conversa estranha, concordou. Ele estava ciente dos investimentos de sua nora em nome de lorde Crosbey e tinha certa admiração pela mulher por ter conseguido chegar tão longe. Reconhecia nela o mesmo tino para negócios que ele tinha.

Alphonsine estava feliz tendo aquela vida até que soube que a guerra havia se encerrado e seu marido logo retornaria.

O retorno de seu marido indicava que ela voltaria a ser uma esposa como as outras, e que deveria assumir as funções reservadas às mulheres casadas. Para evitar esse fim, ela torcia que Elijah não tivesse mudado de ideia quanto a carta que deixou antes de partir.

Entretanto, logo outra notícia a fez mudar de ideia e desejar que seu marido não quisesse mais se manter separado dela.

A conversa ainda estava vívida na sua mente.

Lorde Hawkish mal esperou o mordomo fechar a porta do escritório atrás deles, quando começou a falar:

— Pedi ao parlamento que o seu casamento com o meu filho seja

---

1   *Pin Money ou dinheiro de alfinete. Era uma renda que as esposas recebiam de seus maridos para comprarem as coisas que desejassem. Era o único dinheiro que, por lei, poderia pertencer a elas de forma separada do marido.*

anulado.

Aquela informação a surpreendeu e confundiu.

— O quê? — ela perguntou, temendo não ter entendido direito

— O casamento de vocês será anulado.

— Por quê?

— Meu filho estava bêbado demais para validar o enlace e as testemunhas são provas disso, além do mais, a assinatura dele está ilegível no documento e o fato de eu ter forçado o bispo a celebrar o casamento é mais um motivo para a nulidade.

Alphonsine se lembrou daquela data. Seu marido estava bêbado, mas ela, na época, não entendia o quão alterado seu noivo estava, e o conde havia garantido que o filho estava bêbado de alegria e que mal podia esperar para se casar.

— O senhor disse que ele estava em condições de se casar e que não teria que me preocupar com isso.

— Bem, eu queria que ele se casasse, talvez eu tenha exagerado um pouco.

— Exagerado um pouco? O senhor mentiu para mim e agora está querendo arruinar minha vida.

— Não seja dramática, histeria não lhe cai bem.

— Não estou sendo dramática. Se o senhor acredita que pode me causar um malefício desse porte e ficar impune, está enganado. Meu irmão é o duque de Evonshire, caso o senhor não esteja lembrado.

— Não estou tentando lhe fazer mal, e não tenho medo do seu irmão. Ele pode ter um título maior, mas eu sou mais influente e rico.

Aquilo era verdade. O ducado tinha decaído nas mãos do novo lorde Evon. Não por causa de vícios ou jogatina, mas porque seu irmão havia feito uma série de investimentos ruins e todos foram um fracasso, fazendo quase toda a fortuna dele se perder em um piscar de olhos. Asher estava falido e precisava de ajuda para se reerguer. Alphonsine já havia tentado ajudar como podia, mas o irmão não aceitava nenhum dinheiro por parte dela. Pois dizia que não poderia dever a ela mais do que já devia.

— Ao menos diga-me o que ganha com isso? — Alphonsine não conseguia raciocinar diante daquela informação. Seu marido realmente estava bêbado quando se casou, mas ele não parecia tão fora de si a ponto

de invalidar o casamento. — Irá trazer um escândalo descomunal sobre nossas cabeças.

— Veja bem, minha cara. Meu filho foi para a guerra porque eu o forcei a esse casamento e quase o perdi. Ele guarda rancor de mim e não me perdoará até que eu corrija o meu erro. Ele e eu temos vivido em pé de guerra durante muito tempo, e estou ficando velho e quero fazer as pazes com ele, e, se livrá-lo desse casamento indesejado é a chave para isso, então eu o farei, independentemente do escândalo que isso cause. Afinal, o que é um escândalo diante do perdão de um filho?

— Mas isso destruirá minha vida.

— Eu não a deixarei desamparada, você não tem culpa de nada. Não sou cruel. Como a casa em que está pertencia à minha falecida esposa e não está atrelada ao título, permitirei que fique com ela e lhe darei cinco mil libras por qualquer prejuízo que a nulidade cause à sua reputação e continuarei lhe enviando mil libras por ano enquanto viver ou até que se case novamente.

A mulher não pôde acreditar no que ouvia. Ela tinha milhares de libras referentes aos seus investimentos, e ele queria dar a ela apenas cinco mil libras? Aquilo era uma ofensa.

— Milorde, o senhor se esquece que eu sou uma mulher de negócios. Sou uma mulher rica graças aos meus investimentos, e se o senhor acha que me contentarei com sua esmola, está enganado.

— Minha querida, não seja ingênua. Tudo o que tem pertence ao meu filho, e consequentemente me pertence. Nada do que diz ter é de fato seu. Não seja tola de se voltar contra mim, ou a deixarei sem nada. Minha esmola, como você a chamou, é muito generosa e deveria estar satisfeita e muito agradecida por eu ser um homem justo.

— O senhor não pode anular o casamento.

— Claro que posso. Vocês não têm filhos, então não há nada que me impeça legalmente de anulá-lo. E eu sei do acordo entre você e Elijah e isso apenas me motiva a liberá-lo do peso que é esse casamento.

Lady Crosbey havia ficado tão estarrecida, que não conseguiu responder e, ao notar o silêncio dela, o conde a dispensou, informando que em alguns meses a convocaria para lhe comunicar quando a nulidade fosse aprovada pelo parlamento.

A dama não podia aceitar aquilo. Se ao menos recebesse

todo o dinheiro que lhe pertencia, poderia viver sua vida com luxo até sua morte, porém o conde não havia mentido quando falou que nada pertencia a ela. Toda a fortuna que conquistara era por direito de seu marido e, se porventura o casamento fosse anulado, perderia tudo.

Alphonsine teria que tomar uma atitude antes que sua vida saísse completamente dos eixos.

♥

Ao chegar em casa, depois da visita ao conde, Alphonsine foi recebida pelo mordomo com uma carta em uma bandeja de prata.

— Chegou uma missiva enquanto estava fora, milady, é do seu marido.

— Obrigada, Miels.

Alphonsine pegou a carta e rapidamente rompeu o selo para abri-la.

A carta informava que, com o fim da guerra, ele estava retornando, porém não tinha intenção de procurá-la para que vivessem como marido e mulher. Pretendia seguir como estavam, ela na casa de campo e ele em qualquer uma das outras propriedades que tivesse.

Em outro momento, aquela carta seria tudo o que Alphonsine gostaria de receber, uma vez que indicava que seu marido não estava disposto a retirar a liberdade que havia lhe dado nem pretendia atrapalhar a vida dela, porém com a possível nulidade a caminho, aquela carta apenas era motivo de maior preocupação.

Precisava escrever a seu marido e convencê-lo a terem um casamento de verdade e, de preferência, que gerasse fruto o mais rápido possível, caso contrário, ela se tornaria uma pária.

Se o casamento fosse anulado, ela não poderia continuar com seus negócios, perderia toda sua respeitabilidade, seria relegada ao ostracismo social, nunca mais conseguiria investir nem ter a vida que tanto amava.

Ela poderia tentar se casar novamente, mas jamais encontraria um homem que lhe proporcionasse tamanha liberdade, que lhe permitisse continuar com seus negócios. Seria difícil até mesmo encontrar um homem que aceitasse se casar com ela, pois não teria nada.

Uma vez que havia provado o gosto da liberdade, ter suas asas cortadas seria a maior tortura que alguém poderia infligir a ela.

Alphonsine não podia permitir que sua vida acabasse daquela forma. Precisava convencer o seu marido de que deveriam ter um casamento real antes que o tempo dela se esgotasse e o conde aparecesse em sua porta com a nulidade nas mãos.

A lady seguiu para a sala de estar e pediu que lhe trouxessem pena e papel.

Rapidamente redigiu a carta informando seu desejo de tornar o casamento real e pedindo que ele fosse para Crosbey Manor, a propriedade de campo deles, para que passassem mais tempo juntos como marido e mulher.

Releu e reescreveu a carta duas vezes, antes de finalmente dobrá-la e colocar o selo do marido, e, por fim, pedir que o mordomo, o Sr. Miels, a encaminhasse ao seu esposo.

♥

Elijah chegou de manhã à sua casa em Londres. A guerra tinha acabado, e agora ele precisava voltar à sua vida.

Havia ido para a guerra como uma afronta para o pai, sua intenção era morrer na guerra e o título ir para o sobrinho. Seu pai ficaria inconformado com aquilo e era isso que o motivava.

Entretanto, o conde, ao saber o que ele pretendia, conversou com alguns comandantes e conseguiu uma patente alta para Elijah, o deixando nos acampamentos revendo estratégias e operações táticas, o mais longe possível do campo de batalha.

Apesar de ter ido por questões egoístas, ao ver a guerra de perto, Elijah mudou sua mente. Ter a vida de outros homens em suas mãos o fez perceber que naquele momento, não poderia ser guiado pelo ódio por seu pai, e sim pela responsabilidade de devolver todos aqueles homens com vida para suas famílias.

Elijah sabia que aquela era uma missão impossível, entretanto, fez o possível para que sofressem o menor número de baixas possível. E ele deu o seu melhor.

Uma vez que a guerra tinha acabado e agora Elijah voltava a ser apenas o herdeiro do conde de Hawkish, todo o ódio que sentia pelo pai retornara.

Infelizmente, sua ida à guerra teve um efeito contrário ao que desejava, uma vez que recebeu diversas medalhas e honrarias, o que só orgulharia o seu pai. Mas agora que estava de volta, poderia sujar o nome da família novamente.

Enquanto revia suas contas no escritório, Elijah foi interrompido pelo mordomo que trazia para ele uma carta recém-chegada de Bath.

— Milorde, sua esposa lhe escreveu.

— Obrigado, Zarnett. — Elijah pegou a carta estendida a ele e dispensou o mordomo.

Ao ler a carta dela, irritou-se.

Sua esposa sempre lhe enviava cartas as quais a maioria ele lia e em seguida ignorava. Não se considerava casado, apesar de ter comparecido ao próprio casamento. Entretanto, deixou claro desde o primeiro dia que aquele enlace era apenas no papel e que sua esposa não esperasse dele nenhum cumprimento dos votos. Ela poderia usufruir da segurança e liberdade que o sobrenome dele conferia, mas não seriam marido e mulher de fato. Ele não consumou o casamento nem pretendia fazê-lo.

Achou prudente responder, caso contrário, era possível que lady Alphonsine viesse encontrá-lo para garantir que ele havia recebido sua carta e que não recusaria o que solicitou por meio dela.

♥

Uma semana depois...

Alphonsine estava viajando há um dia e meio com destino

a Londres. Havia recebido a resposta de seu marido. Uma negativa enfática e repetida que apenas a enfureceu. Ele estava determinado a não fazer daquele casamento algo real e a dificultar a vida dela.

Havia saído ao raiar do sol, percorreu metade da distância durante o dia e à noite ficou em uma pousada. Voltou à estrada com o nascer do sol e em breve chegaria ao seu destino.

Para sua sorte, já estava na cidade quando a noite caiu. As estradas iluminadas pelos postes a gás mal conseguiam manter uma luminosidade decente, se não fosse a lua cheia no céu, alguns caminhos estariam completamente tomados pela escuridão.

Alphonsine seguiu para o hotel que sempre se hospedava quando vinha a Londres para resolver seus negócios. Como sabia que o seu marido não a queria perto dele, achou melhor não ir direto para a casa que ele havia alugado em Mayfair. Em vez disso, prepararia sua abordagem com cautela.

Tinha pensado bastante sobre o que deveria fazer durante aquela semana, e apesar de ter preferido não contar a ninguém o que estava acontecendo, precisava de conselhos de mulheres experientes.

Se sua mãe ainda estivesse viva, com certeza iria se aconselhar com ela sobre como manter um casamento ou como fazer o marido a procurar, porém, agora, as únicas mulheres que poderiam lhe oferecer esse tipo de conselho, eram sua tia e sua prima, e nenhuma delas poderia ser considerada agradável ou sábia, mas eram casadas de verdade e deveriam entender mais do que ela sobre matrimônio.

No dia anterior à viagem, ela seguiu de carruagem até a propriedade de seus parentes para tomar chá com sua tia.

Alphonsine achou prudente não mencionar a possível nulidade, pois aquilo daria apenas mais motivos para a ridicularizarem, deste modo, falou apenas que o marido pretendia ficar em Londres, possivelmente com uma amante, e ela precisava que ele a procurasse como esposa.

Os conselhos envolvidos de insultos não demoraram.

— Que bom que finalmente veio buscar meus conselhos.

Antes tarde do que nunca — lady Hitherwood começou.

— Com as roupas que usa, não me admira seu marido preferir uma amante — insultou sua prima, lady Caroline, duquesa de Rhotsex, que usava as mais diversas plumas em seu cabelo loiro. — Talvez se usasse roupas mais... adequadas para sua classe.... afinal, você será condessa um dia.

— Não seja rude, Caroline — a mulher ralhou com a filha, mas o sorriso em seu rosto mostrava que ela não se importava nem um pouco com os insultos. — Alphonsine, você precisa se vestir mais adequadamente. Infelizmente não herdou a beleza da família, sempre foi... roliça, então precisa tentar ao menos ficar elegante. Se usasse roupas mais modernas e espartilhos mais apertados, talvez pudesse atrair o interesse dele — lady Hitherwood concordou com a filha.

— Não acredito que apenas roupas resolvam essa situação, olhe o tamanho dela. Precisa é parar de comer.

Alphonsine ficou desconfortável com as palavras daquelas mulheres, mas ignorou a vontade de se levantar e partir. Olhou para seu corpo e não notou nada errado em ter seios grandes e um rosto arredondado. Claro que ela era bem maior do que sua prima, que mais parecia uma criança, dado o seu tamanho, mas não via problema nenhum em ser uma mulher robusta.

— Providenciarei roupas melhores — comentou, já arrependida de ter ido pedir conselho àquelas duas.

— Há uma modista em Londres que faz as roupas íntimas e os vestidos mais sedutores que já usei, com certeza isso a ajudará a ficar mais apresentável — Caroline comentou. — O preço dela é alto, diga que foi indicação minha e ela lhe fará alguns descontos.

Alphonsine respirou fundo, nenhuma das duas sabia a fortuna que ela tinha, então achavam que ela vivia apenas com a renda que o filho mais velho de um conde recebia.

— Além de vestidos, o que mais posso fazer?

— Precisa providenciar imediatamente um herdeiro para seu marido, você já está ficando velha, querida — sua tia comentou.

— Meu marido não está muito ansioso para se deitar comigo.

— E não pode culpá-lo, não é mesmo? — lady Rhotsex

debochou. — O meu marido me procura quase todas as noites.

— E o que faz para que ele a procure?

— Eu não preciso fazer nada. Ele não resiste a mim — Caroline respondeu, com um sorriso arrogante. — Bem, já você, talvez precise de uma ajuda para conseguir que o seu marido a deseje.

— E como o faço isso? — Alphonsine perguntou, segurando a raiva que borbulhava por dentro. Odiava o fato de ser tão ignorante sobre aqueles assuntos e necessitar daquelas dicas de alguém como sua prima.

— Não espere que eu conte meus segredos a você.

— Não seja egoísta, Caroline, sua prima precisa de ajuda. Sozinha, ela não conseguirá — a mais velha reclamou.

— Tudo bem, mas só direi um. Há um pó afrodisíaco, que, se misturado na bebida, deixa o homem louco para se deitar com uma mulher. Lhe darei o endereço do boticário que vende esse produto em Londres. Basta colocar um pouco na bebida de seu marido, que ele não resistirá a você.

Alphonsine não acreditava muito naquilo, mas diante do desespero que estava, não podia recusar nenhum conselho.

— E depois que ele beber?

— Pedirá que eu explique até o ato conjugal? Como se não soubesse o que acontece depois que vão para um quarto. Ou será que seu marido não teve tempo de consumar o casamento, antes de sair correndo para a guerra?

— Não seja maldosa, Caroline, lorde Crosbey é um herói de guerra, sua prima não tem culpa se ele precisou partir imediatamente.

Alphonsine evitou outras perguntas. E depois daquela conversa, decidiu que era melhor não pedir mais nenhum conselho.

Entretanto, uma coisa sua prima e tia tinham razão. Gerar um herdeiro era necessário e urgente, e para isso precisariam compartilhar a cama, e só seria possível se estivesse no mesmo ambiente que o seu marido e ele a desejasse o suficiente para se deitar com ela.

A carruagem finalmente parou, a fazendo voltar os

pensamentos para o tempo presente, ela havia chegado ao seu destino, o Grant's Hotel, onde ficaria hospedada enquanto não ia falar com Elijah.

Capítulo 2

Na manhã seguinte, após o café da manhã, Alphonsine decidiu que iria para a casa de seu marido para que pudessem conversar e, com sorte, o convenceria a terem um casamento normal. Primeiro tentaria o diálogo, e caso não desse certo, então tomaria medidas mais drásticas, como o seduzir e fazê-lo desejá-la como esposa.

Como a residência dele ficava a apenas algumas quadras de onde estava hospedada, optou por ir a pé.

Pediu que sua criada a ajudasse a se vestir para o passeio e para a visita que se seguiria a ele. Mirtes, sua criada, escolheu um vestido branco de seda e um casaco marrom de veludo, que combinava com o chapéu e a fita do mesmo tom terroso, por fim colocou as luvas e pegou sua sombrinha.

Por ser uma mulher casada, não havia a necessidade de uma acompanhante, e por estar indo para a casa de seu marido, ninguém poderia dizer que era indecente.

Seguiu a pé, sem pressa, pela rua Bruton, por alguns minutos, atravessou Berkeley Square e seguiu pela rua Hill. A casa que seu marido alugou ficava na terceira quadra após o parque.

Ao chegar em frente ao hall de entrada da casa de dois andares, Alphonsine respirou fundo. Aquela seria a primeira vez que veria o seu marido depois que ele havia partido. Não tivera nenhuma notícia dele da guerra, então não sabia se ele estava inteiro, ou se tinha voltado com alguma cicatriz. Nem mesmo se lembraria da fisionomia dele, se não fossem os quadros em Crosbey Manor.

Esperava que a conversa com ele fosse suficiente para que entendesse que ela queria que o casamento deles fosse real.

Bateu à porta e esperou o mordomo atendê-la, o que não demorou. A porta se abriu e um homem alto, magro e aparentemente de meia-idade, com o uniforme impecável, perguntou o que ela desejava.

— Eu gostaria de falar com lorde Crosbey, por favor.

— Sinto muito, lorde Crosbey não se encontra.

Alphonsine ficou decepcionada ao saber daquela informação.

— Sabe dizer se ele demorará?

— Não saberia informar, senhora. Gostaria que eu comunicasse a ele sua visita?

— Sim, por favor. E, também, repasse a ele um convite. Diga a ele que lady Crosbey o espera para o chá das cinco de amanhã, no saguão do Grant's Hotel.

— Lady Crosbey? — O mordomo ficou surpreso e envergonhado. — Perdoe-me, milady, não sabia quem a senhora era. Quer entrar? Quer que eu prepare algo?

— Não é necessário. Voltarei para o hotel, já que meu marido não está. Pode dar o recado que pedi a ele?

— É claro, milady.

— Agradeço... — Ela esperou que o homem dissesse o seu nome.

— Zarnett, milady. Não quer que eu peça uma carruagem para a senhora?

— Ah, não é necessário, Zarnett, obrigada. Estou mesmo precisando andar um pouco. Aguardo então o meu marido amanhã, às cinco.

— É claro, milady.

Alphonsine retornou pelo mesmo caminho que fizera até a casa de seu marido. Entretanto, em vez de parar em frente a seu hotel, seguiu por mais algumas ruas até Bond Street, onde ficava o boticário indicado por sua prima.

Não estava efetivamente acreditando que havia algo capaz de fazer um homem desejar uma mulher, mas não tinha nada a perder se testasse tal produto.

Depois encomendaria alguns vestidos no ateliê da Madame Rosanna, lugar também indicado por sua prima, para a confecção de roupas mais atraentes.

Se a conversa com lorde Crosbey não desse certo, sua segunda opção era fazer exatamente o que Caroline havia sugerido e tentar seduzir o seu marido. Esperava não precisar de uma terceira opção, pois não tinha ideia do que fazer se a sedução não funcionasse.

Entrou no boticário e esperou que a dama que já estava ali terminasse de fazer seu pedido e fosse embora. Não queria ninguém ouvindo ou vendo o que precisava comprar. Parecia algo tão estúpido, que ela teria vergonha se soubessem que dependeria de tal artifício.

Assim que a outra cliente foi embora, ela se aproximou do senhor que atendia atrás do balcão e lhe perguntou do pó afrodisíaco. O homem sorriu feliz ao ter mais uma cliente para aquele produto e começou a falar de outros semelhantes.

— Seu marido nunca mais pensará em outra mulher, se associar o pó a um perfume afrodisíaco. O pó o deixará... animado e o perfume o fará pensar apenas em você. Consigo um desconto, se levar os dois produtos. Tenho certeza de que não se arrependerá.

Alphonsine analisou o perfume. Precisava de toda ajuda possível para fazer seu marido desejar ter um casamento real com ela.

— Tudo bem, eu levarei os dois.

— Perfeito, perfeito. Use uma medida do pó para um copo cheio de qualquer bebida. Quanto ao perfume coloque algumas gotas nos pulsos e no pescoço. Ele não resistirá.

— Isso não faz mal, não é? — Alphonsine perguntou, preocupada com a eficácia daqueles produtos.

— Ah, não. Não causará nenhum mal.

Alphonsine pagou pelos dois produtos e se retirou da loja. Em seguida, resolveu pegar um coche de aluguel para ir até a modista, uma vez que o ateliê dela ficava longe demais para ir a pé.

♥

Já passava da hora do almoço quando terminou as compras e voltou para o hotel. Ainda tinha o restante do dia livre, porém, não pretendia sair.

Decidiu enviar um convite formal para o seu marido, para o caso de o mordomo se esquecer das informações que lhe foram passadas naquela manhã.

Foi até a escrivaninha que havia no quarto e pegou um papel e a pena e redigiu o convite.

"Caro lorde Crosbey,
Espero encontrá-lo amanhã para um chá, às 17h no saguão do Grant's
Hotel.
Atenciosamente,
Lady Crosbey."

Fechou a carta e a selou sem colocar nenhum brasão. Colocou o nome de seu marido na parte externa da carta e pediu que fosse entregue na Hall Street.

Capítulo 3

Elijah recebeu o convite de sua esposa quando voltou à noite, juntamente com a mensagem deixada com o mordomo. Suspirou descontente ao ver que a mulher não só ignorou sua resposta anterior, como também veio a Londres para importuná-lo.

Entretanto, não podia dar a sua esposa o que ela estava exigindo. E não poderia encontrá-la, pois temia que pudesse acabar se deixando convencer e seria um desastre se o plano do seu pai de vê-lo bem-casado e com uma família numerosa desse certo.

Elijah sabia que se mostrava um péssimo marido e que sua esposa estava certa em querer dele um casamento verdadeiro, afinal, ela já passava da idade de ter filhos e este poderia ser um desejo dela. Entretanto, não poderia voltar atrás com sua palavra. Ele jurara no túmulo de sua mãe que faria o pai pagar por tê-la feito morrer, e a forma que encontrou de fazer aquilo era causando um escândalo atrás do outro, fazendo com que o bom nome dos Crosbey fosse arruinado e se recusando a dar uma descendência a seu pai enquanto ele fosse vivo.

Por esse motivo, se dirigiu ao seu escritório e escreveu uma resposta para a sua esposa. Estaria sendo rude, grosseiro e cruel em suas palavras, mas não via como mantê-la longe dele e de sua vida se não por aquele caminho.

Quando terminou de escrever, tocou a sineta e esperou que o mordomo aparecesse.

— Entregue esta carta amanhã, na hora do chá, no hotel Grant's. Deixe bem claro que ela não é bem-vinda a esta casa e que não a quero aqui. E, se minha esposa decidir aparecer novamente, a dispense.

— Mas, milorde... — O mordomo se calou momentaneamente ao ver o olhar repreensivo de seu patrão. Ele não era pago para dar conselhos, apenas para receber e cumprir ordens. — Como desejar, milorde.

Após receber as ordens, Zarnett se retirou, deixando Elijah sozinho com seus pensamentos.

♥

Alphonsine vestiu o melhor vestido que tinha trazido a Londres e pediu que sua criada fizesse um penteado que estivesse na moda. Apesar de pretender ter apenas uma conversa, usaria todos os artifícios que tivesse ao seu alcance para aquele momento. Queria que seu marido a achasse, ao menos, agradável à vista para não sentir repulsa em tomá-la como esposa.

Para aumentar as chances de ele concordar com a proposta de um casamento de verdade, colocou algumas gotas do perfume do boticário em sua pele e desceu para esperá-lo no salão do hotel. De lá iriam para a casa de chá que havia em frente ao Grant's e poderiam conversar à vontade.

Alphonsine estava nervosa quando desceu as escadarias do hotel, e seu nervosismo aumentava à medida que os minutos se passavam e a hora marcada por ela se aproximava.

O relógio badalou cinco vezes e Alphonsine continuava sozinha no saguão.

Os minutos se seguiram e ela constatou que o seu marido estava atrasado. Imaginou se ele chegaria bêbado como no dia de seu casamento.

A lady estava quase acreditando que ele não viria, quando uma carruagem parou em frente ao hotel, e de dentro dela saiu um homem.

Com um suspiro triste, reconheceu o mordomo.

— Perdoe-me o atraso, milady, houve um pequeno incidente na estrada que me roubou alguns minutos. Lorde Crosbey pediu que lhe entregasse esta carta e, também, que eu lhe dissesse que a senhora não deve ir mais à casa da rua Hill. Sinto muito ter que dizer isso, milady, mas a senhora não é bem-vinda àquela casa. Peço perdão pela minha insolência, mas são essas as palavras de lorde Crosbey.

— Não se preocupe, Zarnett, não é o senhor que me ofende — Alphonsine respondeu, vendo o mal-estar do criado ao precisar repetir aquelas palavras.

— Mais uma vez, sinto muito — o homem se desculpou, se sentindo mal pela lady.

— Obrigada.

Após dispensar o mordomo, decidiu que não voltaria para seu quarto ainda, estava vestida para um encontro e a frustração a fazia ter vontade de comer algo doce, então atravessou a rua até a casa de chá do outro lado.

Já imaginava o que encontraria na carta que o mordomo lhe entregou, então diminuiria a tristeza que isso lhe traria, comendo um delicioso bolinho. Sentou-se na mesa e rapidamente foi atendida por um garçom.

Ela pediu que lhe trouxessem bolinhos de maçã, sonhos e uma xícara de chá.

Alphonsine girou a carta entre seus dedos, a abriu e começou a ler.

"Milady,
Acredito que minhas palavras tenham possuído clareza suficiente para serem compreendidas na outra vez que nos correspondemos, mas visto que a senhora persiste em recusar minha decisão sobre esse assunto tão inoportuno, esclarecerei uma última vez, e espero que desta vez, a

senhora possa fazer um esforço para aceitar o que tenho a lhe dizer.

Não pretendo ser um marido para a senhora, não coabitaremos, tampouco dividiremos qualquer leito nupcial, e muito menos teremos filhos. Não a quero na minha vida, por isso a releguei ao campo e permiti que fosse livre para viver a sua.

Dito isso, entenda que sua presença apenas me aborrece e seus desejos me irritam. Então, se possível, mantenha-se fora de minhas vistas.

Lorde Crosbey."

Alphonsine leu e releu aquela carta três vezes, e a cada lida, ela enchia a boca com um bolinho de maçã. Sentia vontade de chorar ao saber do desprezo do seu marido, mas não permitiria que aquele homem cruel lhe arrancasse uma lágrima sequer.

Precisava pensar e ver o que lhe restava a ser feito. Seu marido se mostrava ainda mais difícil do que imaginava, mas ela descobriria um jeito de dobrá-lo à sua vontade.

Um pigarro ao seu lado fez com que ela erguesse os olhos da carta e ela reconheceu o homem à sua frente.

— Lady Crosbey — o senhor bem-vestido em um terno impecável a saudou.

Thomas Grantfell era o dono do hotel em que estava hospedada e sempre havia sido um cavalheiro para com ela.

— Sr. Grantfell, é um prazer revê-lo. Não gostaria de se sentar? Os bolinhos estão deliciosos.

— Seria um prazer. Que negócios a trazem à cidade?

O homem sentou-se à mesa.

— Desta vez não vim a negócios, vim resolver problemas pessoais.

— Espero que nada muito grave.

— Não, nada grave. E o senhor? Da última vez que tive notícias suas, estava abrindo um hotel em Poole. Sou uma grande apreciadora desse tipo de investimento, talvez um dia possamos ser sócios.

— Eu ficaria encantado. Estou fazendo um hotel spa próximo à praia, para os períodos fora da temporada londrina. Espero que a senhora vá para a inauguração.

— Farei o possível para ir, mas não posso prometer.

Alphonsine baixou os olhos para a carta dobrada em suas mãos. Nem mesmo sabia como sua vida se resolveria, não poderia garantir sua presença com tão pouca certeza em seu casamento.

— Soube que seu marido retornou. Acredito que agora ele deva assumir os negócios. O esperaremos para a próxima reunião.

Alphonsine ficou preocupada com aquela frase. Ela podia perder seus negócios antes mesmo da nulidade, unicamente porque o seu marido estava na cidade.

Nenhum homem continuaria fazendo negócios com ela, se podiam fazê-lo diretamente para com o marido.

— Espero que não se importem de ter minhas opiniões mais um pouco, meu marido não parece querer se intrometer nesses assuntos, ele diz que tenho feito um bom trabalho com os investimentos e não quer me atrapalhar — mentiu.

— Ninguém seria tolo de não reconhecer seu talento incomum, mas ainda assim, esperamos vê-lo na próxima reunião de investimentos, na casa de lorde Derbeshire, ainda que seja para apoiar as decisões da senhora.

Para garantir *que as decisões tivessem a aprovação dele* — Alphonsine pensou secamente.

— Estenderei o convite a ele. — Alphonsine abriu um sorriso forçado.

— Perfeito. — O homem se levantou. — Ainda preciso resolver algumas coisas e já tomei muito do tempo da senhora. Tenha uma boa tarde, milady.

Grantfell se retirou.

O homem tinha ido até ela apenas para dar aquele recado, com certeza não havia sido coincidência encontrá-la ali — Alphonsine pensou, aborrecida.

Não se surpreendeu. Enquanto seu marido estava na guerra e ela tinha em suas mãos a carta dele que permitia que negociasse em seu nome, os homens, mesmo a contragosto, aceitaram sua presença em seu círculo social. Porém, com o retorno do seu marido, ela não era mais bem-vinda entre eles.

Elijah só havia dado a ela dor de cabeça. Agora não apenas tinha que dar um jeito de convencê-lo a ser um marido, como também a participar e apoiá-la em seus negócios.

Capítulo 4

Elijah sentia-se péssimo pelo que estava fazendo com sua esposa. Lady Crosbey não merecia nada daquilo, ainda assim, não conseguia livrá-la do fogo cruzado entre ele e o conde de Hawkish.

Se desse à Alphonsine o que ela queria e se tornassem marido e mulher, ele certamente se apaixonaria por ela novamente e deixaria de lado sua vingança.

Eles haviam sido prometidos quando Alphonsine nasceu, Elijah tinha apenas quatro anos. Quando ela cresceu e se tornou uma mulher, esperta, espontânea e linda, Elijah se apaixonou. Ele era um jovem romântico que acreditava no amor e se sentia o mais sortudo dos homens por ter se apaixonado pela mulher a qual estava prometido. Até o dia em que sua mãe sofreu um acidente que poderia ter sido evitado.

Elijah havia avisado naquele fatídico dia que a carruagem da família precisava de reparos, mas o conde não lhe deu ouvidos, e naquela noite, em meio a uma tempestade, ele enviou a esposa na carruagem para a casa de campo, por causa de uma briga cujos motivos Elijah desconhecia. Entretanto, ele não precisava saber o que discutiam para ter certeza de que seu pai havia usado a carruagem consciente de que ela não estava em condições seguras.

O acidente havia sido tão brutal, que o corpo de sua mãe ficara irreconhecível e por isso o pai havia feito o enterro com o caixão completamente fechado. E desde aquele dia, ele culpava o pai pela morte da mãe.

A vingança o consumiu de tal forma, que transformou em cinzas todos os sentimentos bons que um dia havia tido. Ele se tornou um homem sem coração, cujo único prazer era sujar o nome da família e fazer o pai se enfurecer e se envergonhar.

Por dois anos, foi o principal assunto das colunas de fofoca. Um libertino, um péssimo jogador, um bêbado inconveniente, um brigão e fanfarrão... Ele fazia tudo que fosse reprovável e degradante.

E nem mesmo o dia do seu casamento se salvou. Por ter sido o último pedido de sua mãe, não ousou evitar o enlace, porém, não daria ao pai a alegria plena de vê-lo se casando sem nenhum escândalo.

Sua esposa não merecia nada daquilo e Elijah sabia que as coisas que fizera eram imperdoáveis, mas se recusava a tornar real aquele casamento, pois agradaria demais o seu pai e ele não queria ser o motivo da felicidade daquele homem

♥

Alphonsine voltou para o hotel, triste, porém saciada. A reunião citada por Grantfell ocorreria dali a uma semana e ela pretendia participar com ou sem seu marido.

Ao passar pela recepção do hotel, aproveitou para informar que sua estadia se estenderia por mais uma semana e pediu que seu jantar fosse servido no quarto e que subissem com água quente para ela se lavar.

Assim que subiu para seus aposentos, pediu que sua criada a ajudasse a se despir.

Duas criadas bateram na porta com a água que ela havia

pedido para o banho e Mirtes preparou a banheira.

Quando estava tudo pronto, Alphonsine entrou na água e permitiu que Mirtes lavasse seus cabelos.

Enquanto a criada massageava os fios sedosos, ela pensou no que faria com o marido. A preocupação ficou estampada em seu rosto, e a lady não se importou em escondê-la. Não fingiria estar bem.

Mirtes percebeu o desagrado de sua patroa.

— Milady, está tudo bem? A senhora tem estado triste e preocupada desde que voltou da visita ao conde.

— Não muito — assumiu, suspirando desgostosa. — É meu marido. Ele está me deixando triste.

Alphonsine contou sobre a carta e a recusa de Elijah em ter um casamento real e, também, sobre a ameaça de lorde Hawkish. Mirtes já trabalhava com ela há cinco anos, e antes disso havia sido a criada de sua mãe, por seis anos. Sabia que a mulher era de confiança.

— O conde é um homem horrível — Mirtes declarou, após ouvir a história completa. — Ele é um homem sem coração. A senhora não pode deixar que ele anule o casamento. Tem que encontrar o seu marido e garantir logo um herdeiro.

— Eu tentei, Mirtes, mas meu marido se recusa a me ver.

A criada pensou um pouco.

— Ele voltou da guerra recente, será que não tem algum ferimento? Tem homem que é muito orgulhoso para deixar que vejam suas enfermidades.

— Se fosse apenas isso, eu saberia. Ele não está me evitando por ter sofrido algum acidente. Penso que ele se arrepende de ter se casado comigo.

— Então, com todo respeito, mas seu marido é um tolo, milady — Mirtes falou, em tom reprobatório. — A senhora é uma mulher bonita e foi agraciada com inteligência para os negócios como os homens. Ele deveria estar orgulhoso da mulher que possui.

— Queria que ele me enxergasse da forma que você me vê, Mirtes.

— Homem é cego mesmo, milady, só vai perceber que a senhora é uma mulher boa, quando for notada por outro homem. Homem só entende a língua do ciúme.

A frase dita por Mirtes fez Alphonsine ter uma ideia.

— É isso, Mirtes! Você é tão sábia!

Esperou a criada terminar de banhá-la e, depois de vestida, seguiu para a sua escrivaninha, sentou-se e começou a redigir uma nova carta para o seu marido.

Animada ao acreditar que aquilo o faria pensar nas consequências de não ser o marido que ela queria, Alphonsine selou a carta e pediu para um criado do hotel levá-la no dia seguinte.

♥

Elijah estava tomando o café da manhã quando seu mordomo lhe informou que acabara de chegar mais uma correspondência de sua esposa.

— Dê-me aqui, Zarnett — Elijah pediu e em seguida murmurou: — Que mulher teimosa.

Rompeu o selo e abriu a carta.

"Caro lorde Crosbey,

Meu intelecto está em perfeitas condições e não tenho nenhuma dificuldade para compreender quando estou sendo avidamente rejeitada. Entretanto, como uma boa esposa, eu tentava apenas salvar o nosso falso casamento.

Mas uma vez que foi tão enfático em me expulsar de sua vida e em me negar aquilo que mais desejo, espero que não se ofenda quando eu encontrar alguém que o faça.

Atenciosamente,

lady Crosbey."

Elijah não acreditou no que seus olhos acabavam de ler, e releu para se certificar de que não havia se enganado. Após confirmar, sentiu um gosto ruim na boca. Seus dedos apertavam tanto a colher, que os nós estavam brancos. Os sentimentos que aquela carta causou eram inesperados, porém, não desconhecidos.

O lorde se levantou da mesa rigidamente com a carta amassada entre seus dedos e se direcionou ao seu escritório onde escreveria a resposta para aquela ofensa.

"Cara lady Alphonsine,

Elijah olhou para o papel sem saber como colocaria o que estava sentindo naquele momento sobre a mulher dele ter um amante.

É uma ofensa que considere tal pecado como saída para a realização de seus desejos. Isso é ridículo e impróprio para uma mulher como

Pensou melhor. *Ela não poderia estar falando sério, aquela carta só devia ser uma provocação.*

Riscou o que escreveu e começou outro bilhete, que depois passaria a limpo.

A senhorita não ousaria. Adultério é um pecado e se o fizer pedirei o divórcio. Não serei ridicularizado

Não, aquilo também não era correto. Ele não poderia ameaçá-la com o divórcio quando nem mesmo se considerava casado com ela, e não era justo impedi-la de ter aquilo que ele não estava disposto a dar. Ela não o estava ofendendo com aquela carta, apenas sendo verdadeira em seus propósitos e desejos. Não poderia condená-la por ser sincera. Pelo menos saberia que sua mulher estava tendo um caso por ela mesma, e não por outra pessoa que usaria aquela informação para envergonhá-lo.

Voltou a escrever.

Apenas seja discreta.

Riscou mais uma vez. O motivo se diferenciando

completamente dos anteriores. Ela não precisava evitar um escândalo quando tudo o que ele tinha feito nos últimos anos era para envergonhar o pai. Engoliu o seu orgulho e pegou uma folha limpa. Entretanto, odiava cada palavra que era colocada no papel e o amargor em seu estômago apenas aumentava ao imaginar sua mulher com outro homem.

Pediu que Zarnett providenciasse o envio imediato e decidiu que não era cedo demais para começar a beber.

♥

Alphonsine recebeu a resposta de seu marido com grandes expectativas, porém, assim que seus olhos captaram a mensagem dele, novamente frustrou-se.

"Cara lady Crosbey.

Tem minha permissão para ter um amante. Se porventura vier a ter um filho, eu assumirei a criança.
Não precisa ser discreta."

— AH! EU O ODEIO! — Alphonsine bradou, irritada. — Inferno! Maldição!

Amassou a carta com toda a sua irritação e a jogou do outro lado do quarto.

— Está tudo bem, milady? — Mirtes perguntou, preocupada ao ver o estado nervoso que a patroa se encontrava.

— Aquele homem me dá nos nervos. Eu quero que o diabo o carregue!

— O que ele fez?

— Ele me permitiu ter um amante. E ainda disse que vai assumir o bastardo.

Mirtes a olhou surpresa.

— Isso é bastante atípico. Será que ele é impotente? Perdão, milady, não quero insultá-la dizendo que o casamento não foi consumado.

Aquela frase chamou a atenção de Alphonsine, que começou a gargalhar.

— Não se preocupe, nosso casamento foi muito bem-consumado.

— Então não consigo ver nenhum motivo para... — A criada se calou ao pensar em algo. — Bem, talvez um...

— Qual?

— Ah, milady, eu não ousaria. — Mirtes corou até a raiz dos cabelos.

— Diga-me, Mirtes, é uma ordem.

— Seu marido pode não desejar mulheres — a mulher despejou, envergonhada por dizer tais palavras em voz alta.

— O que isso significa? — Alphonsine perguntou, confusa.

— Que ele não se deita com nenhuma mulher.

— Acha que ele fez algum voto de celibato?

— Não, milady, não é isso.

— Diga-me logo, Mirtes, eu não sou adivinha.

A criada ficou ainda mais nervosa e torcia a barra do vestido entre os dedos.

— Seu marido pode estar cometendo sodomia. Isso explicaria o porquê de ele não querer um casamento de verdade. Ele deve gostar apenas de outros homens.

Alphonsine precisou se sentar quando sua mente compreendeu o que sua criada estava dizendo.

— Mas nós consumamos o casamento. Ele se deitou comigo e não pareceu estar desgostando do ato.

— Ele estava embriagado, milady?

— Oh, é verdade. — Alphonsine lembrou-se do estado em que seu marido se encontrava na noite de núpcias e de como ele consumou o casamento rápido e em silêncio, como se tentasse não pensar no que fazia. — Oh, céus, Mirtes, agora tudo faz sentido. Ele nunca quis se casar comigo, porque ele não gosta de mulheres.

Se seu marido fosse realmente aquilo que Mirtes suspeitava, então seu enlace estava condenado ao fracasso, pois ele nunca aceitaria um casamento de verdade. E agora, ela dera a ele a solução perfeita para que não precisasse se preocupar em ter um herdeiro, ainda que fosse humilhante, ele estava disposto a assumir o filho de outro homem, simplesmente para não precisar dormir com ela.

— Oh, Mirtes, isso é uma tragédia. Minha vida acabou.

— Não pense assim, milady, eu posso estar errada. Sua vida não acabou. Se ele lhe permitiu ter um amante, então tenha um. Tenha filhos e seja feliz.

Alphonsine não conseguiu evitar que uma lágrima escapulisse de seus olhos e rolasse por sua face, caindo em seu vestido.

— Você não entende, eu não quero um amante. Não desejo outra pessoa além do meu marido. Ainda que o odeie e que ele mereça todo sofrimento do mundo por fazer isso comigo. Eu não poderia conviver comigo mesma se o traísse. E como ele se recusa em me ver, o pai dele conseguirá anular o casamento e eu perderei tudo, Mirtes. Tudo o que eu conquistei em sete anos será arrancado de mim, junto com as minhas esperanças tolas de ter uma família.

— Sinto muito, milady.

— Eu também, Mirtes. Eu também.

Capítulo 5

Três dias depois.

Alphonsine recebeu o recado de que seus vestidos estavam prontos na modista e que ela deveria ir à loja para fazer a última prova antes de recebê-los.

Suspirou triste por saber que não os usaria. Havia escolhido modelos elegantes que evidenciavam os seios dela, e finalmente se vestiria como na moda, mas agora não teria motivos para ficar arrumada.

Pediu que lhe aprontassem a carruagem e seguiu até a loja de madame Rosanna.

Ao chegar à modista ficou impressionada com o trabalho feito, seus vestidos estavam lindos, exatamente como ditava a moda, com a cintura alta e as mangas bufantes. Provou os vestidos e notou que eles ficaram perfeitos. Nenhum ajuste seria necessário.

— Perfeito! A senhora está esplêndida, milady — a modista elogiou com um sorriso e um sotaque francês.

— Obrigada, madame Rosanna.

— Sei que a senhora não pediu, e não precisa levar se não quiser, mas tenho um chapéu que combinará muito com esse vestido. Deixe-me mostrá-lo, sim?

— É claro.

A mulher voltou com um chapéu feito do mesmo tecido do vestido e ornado com pérolas e laços. Era lindo e, quando colocado junto com o vestido, combinava perfeitamente.

— Ficou perfeito! — madame Rosanna exclamou. — A senhora tem que levar, milady.

— Está bem. Coloque-o junto com o vestido e as outras peças que encomendei.

Alphonsine passou ainda uma hora no ateliê provando as outras roupas que havia pedido para a modista confeccionar.

— Madame, o fornecedor está na porta e quer falar com a senhora — uma criada entrou no provador e anunciou em voz alta.

— Quantas vezes eu tenho que dizer para me passar os recados em voz baixa? — a madame ralhou com a moça. — Termine de vestir a lady aqui. Com licença, milady, preciso resolver isso.

Alphonsine apenas acenou com a cabeça, não se importando com o que a mulher iria fazer. Entretanto, foi impossível não ouvir a conversa, provavelmente toda Londres a tenha escutado, uma vez que foi tida a plenos pulmões do lado de fora.

Enquanto a mulher gritava que pagava sempre todas as suas dívidas e que o fornecedor a ultrajava em cobrá-la daquela maneira como se ela não fosse cumprir com sua palavra, o homem, por sua vez, gritava todas as contas que ela tinha com ele.

Depois de alguns minutos constrangedores, a modista voltou para dentro do recinto envergonhada pelo espetáculo que protagonizara, e parecia visivelmente preocupada com o assunto que fora tratado.

— Se a senhora ou algum criado de confiança vier comigo ao hotel, eu posso pagar hoje mesmo — Alphonsine avisou, para o espanto da madame.

— Mas, milady, são quarenta e duas libras e dez xelins.

— Tenho esse valor no hotel. Se me acompanhar, já lhe entrego. Assim pode pagar aquele homem malcriado.

A madame sorriu e terminou de vestir a lady, satisfeita porque logo estaria com aquele dinheiro em mãos.

O hotel não era próximo à loja da modista e por isso usaram uma carruagem para chegar lá. Mas depois de dez minutos, madame Rosanna saía do Grant's com uma bolsinha cheia de dinheiro.

Alphonsine tinha pagado todos os vestidos que comprara e agora lhe sobrara apenas quatro libras, sete xelins e oito pences em sua bolsa. Precisaria de mais dinheiro para pagar a estadia no hotel e para futuras necessidades.

Era estranho que uma dama possuísse tanto dinheiro consigo, entretanto, ela preferia assim.

Retirou um caderninho que deixava ao lado de sua bolsa de moedas e anotou os gastos daquele dia, assim como já havia anotado os das noites anteriores.

Seu contador ficara ofendido quando ela mesma decidiu fazer sua contabilidade, mas o homem já tinha muitos números da propriedade para anotar, por isso, Alphonsine resolveu deixar a tarefa menos pesada para ele e insistiu em ela mesma cuidar das finanças pessoais. Informara a ele das cinquenta libras que havia levado para fazer aquela viagem e quando voltasse informaria o valor que pegaria no banco para pagar o restante de sua estadia.

Após ter feito sua contabilidade, Alphonsine pegou novamente a carruagem e seguiu para o Coutts Banks, na Strand Street, em Convent Garden.

Quase trinta minutos depois, seu cocheiro parava em frente ao banco. Alphonsine desceu da carruagem e se direcionou direto para o banqueiro que costumava receber seus depósitos e fazer seus saques: o Sr. Campbell.

— Lady Crosbey, bem-vinda — o homem a saudou com um sorriso, levantando-se de sua cadeira e fazendo uma mesura para a dama. — Soube que o seu marido voltou da guerra. A senhora deve estar muito orgulhosa do heroísmo dele.

— É verdade. — Alphonsine abriu um sorriso forçado, que o banqueiro não notou, e se sentou na poltrona em frente a ele. — Hoje eu estou com um pouco de pressa, então espero que não se importe se eu for direto ao ponto.

— Claro que não, o que precisa, milady?

— Preciso sacar dez libras.

Aquele valor seria mais do que suficiente para ela passar o resto da semana até a reunião de negócios e depois voltar para casa.

— É claro. Imediatamente. Preciso apenas da nota com a assinatura de seu marido.

— Do quê?

— A nota com a permissão de lorde Crosbey para movimentar a conta.

— Mas isso nunca foi necessário.

— Ah, perdão, milady. É apenas protocolo.

— Mas vocês têm a carta dele autorizando.

— A carta que temos serviu de permissão durante o período em que ele esteve na guerra, agora que ele voltou, precisaremos que ele a autorize novamente a movimentar a conta.

Aquela informação surpreendeu Alphonsine. Ela não esperava ser impedida de ter acesso ao seu próprio dinheiro. Sua situação piorava significativamente com aquilo.

— É claro. Eu não imaginei que seria necessária uma nota de meu marido, então não a trouxe.

— Como não informamos a senhora antes, liberarei as libras que precisa. Afinal, a senhora é a esposa de lorde Crosbey. Mas peço que na sua próxima visita traga a aprovação de seu marido, sim?

— É claro — a lady respondeu, mas duvidava que seu marido lhe daria acesso irrestrito à conta do banco, ainda mais depois da última carta trocada entre eles. — Falarei com ele para que venha pessoalmente resolver isso.

— Isso seria ainda melhor. — O banqueiro sorriu e em seguida se retirou para pegar o valor que Alphonsine havia pedido.

Maldição, eu deveria ter pedido mais dinheiro — Alphonsine se recriminou quando ficou sozinha. Aquelas dez libras seriam suficientes para o que ela queria, mas não ter mais acesso ao restante do seu dinheiro a apavorava.

Sentiu o desespero lhe apertar o estômago e a desesperança lhe envolver com seus braços gélidos e pegajosos. Um arrepio agourento atravessou sua espinha, o desejo de chorar criou um nó em sua garganta e ela precisou respirar fundo para se acalmar e voltar a pensar racionalmente.

O Sr. Campbell voltou para ela com o valor pedido e a entregou. A dama o guardou na bolsa e com um agradecimento educado, assinou a nota para deixar nos registros como sempre fazia e voltou para o hotel.

♥

Elijah recebeu o seu contador naquele dia e o homem estava lhe repassando todas as contas dos últimos sete anos.

A fortuna de Elijah havia se multiplicado graças aos investimentos feitos por sua mulher e agora ele era um dos homens mais ricos de Londres.

Aquilo seria um motivo para se orgulhar, porém sabia que seu pai deveria ter ficado muito feliz ao ver a fortuna da família aumentando consideravelmente todo ano.

Precisava dar fim àquele dinheiro. Como o dinheiro era dele e não do conde, poderia fazer o que quisesse com ele. Seu pai não teria aquilo como motivo para se orgulhar.

Decidiu que resolveria a questão naquele momento.

Então, enquanto o Sr. Halford lia todas as entradas e saídas de dinheiro para ele, Elijah se levantou e saiu de seu escritório, deixando o seu contador confuso com aquela reação incomum.

Seguiu para o Coutts Banks em sua carruagem particular e entrou no edifício enorme assim que chegou. Olhou ao redor para ver se o homem que costumava atendê-lo há sete anos ainda estava ali.

— Lorde Crosbey?

Elijah ouviu o seu nome sendo chamado e se virou para a esquerda.

— Sim?

— Sou o Jeremy Campbell. Sua esposa foi bem rápida em

pedir que o senhor viesse. — O homem se admirou. — Venha, sente-se, se não se importa, eu o atenderei.

Elijah seguiu o homem, confuso. *O que tinha a ver a presença dele com sua esposa?*

Após se acomodarem nas poltronas, um de frente para o outro, Elijah perguntou:

— Minha esposa esteve aqui?

— Sim, milorde, ela saiu há uns vinte minutos.

— E o que ela queria?

— Ela não lhe disse que viria? Ela veio pegar dez libras. Eu entreguei o dinheiro a ela, mesmo sem trazer uma nota assinada pelo senhor, acreditei que tivesse permitido tal saque.

O homem pareceu preocupado ao dizer aquilo.

— Eu não estava ciente da vinda dela.

— Peço perdão, milorde, se entreguei o valor contra a sua vontade, mas era tão pouco, que achei que o senhor não se incomodaria. Entretanto, deixei claro que para os próximos saques ela deve trazer a nota com a permissão do senhor. Então, não vai se repetir.

Elijah observou o homem por alguns instantes. Imaginou a sua esposa tendo que pedir a ele permissão para tocar naquele dinheiro que ela mesma tinha conquistado com seus investimentos, e percebeu que aquele dinheiro, apesar de estar no seu nome, não lhe pertencia.

— Quanto eu tinha no banco sete anos atrás, Sr. Campbell?

— Se esperar um pouco, eu pegarei o livro de registro de sua conta, milorde.

— Eu aguardo.

O homem se levantou da cadeira e se apressou para dentro de um quarto, onde provavelmente deveriam estar os livros com todos os dados dos clientes. Voltou em dois minutos folheando um livro grosso nas mãos e se sentou em seu lugar novamente.

— Em 13 de setembro de 1808, foi o último dia que o senhor fez um saque, antes de ir para a guerra. Havia essa quantia. — O homem lhe mostrou os dados do livro.

— E agora, quanto tem na conta?

O banqueiro pegou outro livro de contas e procurou a última página para mostrar o montante para Elijah.

Elijah se surpreendeu com o valor, sabia que era muito, mas não tanto. Sua esposa tinha aumentado o valor em mais de vinte vezes. Pediu um pedaço de papel e fez o cálculo.

— Quero que o senhor transfira esse valor para outra conta. — Elijah passou o papel onde havia feito uma subtração simples para o homem.

— É claro, para quem devo fazer essa transferência?

— Para minha esposa.

— Como? — O homem pareceu confuso.

— Quero que abra uma conta para a minha esposa.

— Senhor, não fazemos contas para as mulheres casadas, apenas para solteiras ou viúvas.

— Então comecem a fazer agora.

— Não podemos, senhor. A lei diz que a mulher e o seu marido são um só indivíduo, e que todo o dinheiro dela deverá ser administrado pelo marido. Não podemos fazer uma conta no nome de sua esposa, sem que ela também esteja em seu nome e que o senhor a administre.

— Não quero administrar a conta dela. Ela é muito capaz de fazer isso por si mesma.

— Infelizmente não podemos.

Elijah irritou-se.

— Tudo bem, sacarei tudo.

— Como?

— Você me ouviu. Quero retirar todo o dinheiro que está na minha conta.

— Mas, senhor, é um valor exorbitante, precisaremos de alguns dias para isso.

— Isso é um problema meu. Se este banco não aceita que minha esposa tenha uma conta só para ela, então encontrarei algum que aceite.

O homem respirou fundo e passou a mão na cabeça, coçando-a enquanto tentava decidir o que fazer.

— Tudo bem. Abriremos uma exceção para a sua esposa.

Mas não poderá contar para ninguém. Se os outros homens souberem que abrimos uma conta separada do marido para uma mulher casada, poderemos sofrer alguma penalidade quanto a lei regente, e nem quero imaginar o que nossos clientes pensarão, caso venham a ter ciência sobre esse acordo.

— Eu não tenho problema em guardar segredos.

— Está bem, está bem. Precisarei que o senhor espere um pouco, enquanto eu faço um novo registro de conta no nome de sua esposa para o senhor assinar e precisarei que assine a transferência do valor e toda a documentação para dar a ela acesso à conta de modo irrestrito.

— Perfeito — Elijah concordou, com um sorriso.

Aquela operação demorou um pouco mais do que Elijah esperava. Ele assinou os papéis da transferência e da abertura de conta, e em seguida recebeu as cópias da documentação que garantia que agora sua esposa estava com o dinheiro que ela mesma havia conquistado.

Ele parou em frente ao hotel que ela estava hospedada e desceu. Entregou os documentos na recepção e pediu para que fossem entregues para lady Crosbey.

Não se importava se ela fosse gastar o dinheiro dela com o amante que ela disse que arrumaria, preferiu não pensar naquilo, pois não queria se arrepender do que fizera, entretanto, esperava que ela se ocupasse mais com os negócios do que com as necessidades de uma mulher.

Lembrar-se da carta de sua esposa sobre ter um caso extraconjugal o deixou irritado e ele precisava beber.

O dinheiro que restou na conta dele agora seria gasto com jogos e bebidas e qualquer coisa que fosse escandalosa o suficiente para irritar o pai.

O que Elijah não imaginaria era que deixar a esposa rica fosse um escândalo muito maior do que falir ou ser um fanfarrão.

Se descobrissem o que ele fez, na manhã seguinte, sairia na primeira página dos jornais e logo começariam os boatos de que ele ficou fora do seu juízo e que a mesma guerra que o tinha tornado um herói, fizera dele um homem tolo.

Capítulo 6

Alphonsine estava sentada na escrivaninha, pensando em como informaria ao marido que precisava de dinheiro. Ele nunca aceitaria bancar a ela e a um amante. Então pensou em negociar com ele. Continuaria sem ter nenhum amante, se ele desse a ela a assinatura que precisava para continuar tendo acesso ao dinheiro que ela havia multiplicado durante todo aquele tempo.

Havia escrito três cartas, mas nenhuma das três estava boa o suficiente para enviar, a verdade era que odiava ter que pedir permissão a seu marido para poder ter acesso ao dinheiro que lhe pertencia.

Amassou a carta que estava em sua frente escrita pela metade e a jogou na parede, tentando expurgar parte da frustração que sentia naquele momento.

Algumas lágrimas ameaçaram cair por sua face, mas ela segurou o desejo de chorar, apesar de estar sozinha no quarto — havia pedido para Mirtes ir buscar alguns docinhos para aliviar sua tristeza — ela não se permitiria chorar como uma criança desolada.

Assim que ouviu batidas na porta, se apressou em abrir,

acreditando que Mirtes já havia voltado com suas guloseimas.

Todavia, era apenas um criado, mais jovem que os que ela havia visto no hotel até então, que trazia nas mãos alguns papéis.

— Milady, isso foi deixado na recepção para a senhora.

— Obrigada. — Alphonsine procurou sua bolsa e pegou um pence para dar para o criado como agradecimento. Tinha pouco dinheiro, mas sabia que o jovem ficaria feliz com aquela pequena gorjeta.

O garoto lhe entregou os papéis e agradeceu a moeda que recebeu com um sorriso tímido, em seguida se retirou.

Alphonsine viu que os papéis vinham do banco e ficou curiosa. Quando começou a ler, mal acreditou no que seus olhos viam.

Ela agora tinha uma conta própria no banco e com um valor exorbitante. No fim da papelada, estava a assinatura do bancário e do seu marido. Os documentos deixavam claro que aquele dinheiro lhe pertencia.

Olhou o valor e percebeu que era exatamente o que tinha conseguido ganhar durante os anos em que Elijah esteve na guerra. Cada centavo que ela tinha conquistado, estava ali.

Entretanto, não achou justo ela ficar com todo o lucro, sendo que inicialmente usou o dinheiro dele para investir. Ele merecia uma porcentagem dos lucros por ter dado a ela o nome, a liberdade e o valor inicial para investir. Concluiu que vinte porcento do que ela tinha no banco seria suficiente, e mais dez porcento para continuar investindo em seu nome era mais que justo. Precisava apenas que ele concordasse com esses termos.

Apesar de ele dizer que não queria vê-la, o fato de ter feito aquela conta a comoveu, e ela sentiu que precisava agradecê-lo e depois fazer a proposta a respeito dos ganhos. Talvez não fossem mesmo ser marido e mulher, mas isso não queria dizer que precisavam ser inimigos. Podiam se ajudar mutuamente. Estava na hora de Alphonsine ser sincera com o seu marido e, também, obrigá-los a ter uma conversa real.

Enquanto tomava a decisão de ir conversar com Elijah, sua criada voltou com as guloseimas que ela havia pedido, fazendo

Alphonsine adiar por algumas horas a conversa com lorde Crosbey. Não desperdiçaria aqueles doces tão apetitosos.

Quando finalmente já tinha saciado seu desejo de comer aqueles saborosos bolinhos, pediu que a criada lhe preparasse um banho, pois iria sair e queria estar apresentável para o seu marido.

Aproveitou e jogou várias gotas do perfume que havia comprado com o boticário na banheira. Precisava que Elijah concordasse em conversar com ela e Alphonsine esperava que aquele perfume a ajudasse com isso.

Escolheu o vestido mais bonito que trouxera da modista naquele dia e sua criada a ajudou a se vestir. Depois foi a vez dos seus cabelos serem penteados e presos por grampos no alto da cabeça em um penteado elegante e, por fim, passou um pouco de pó Rouge em suas maçãs e em seus lábios.

— A senhora está muito bela, milady — a criada elogiou, ficando orgulhosa do trabalho que fez.

— Eu pareço outra pessoa, mas talvez isso ajude no meu propósito. Se ele não me reconhecer imediatamente, terei a chance de me aproximar para conversar com ele.

— Tem certeza de que não precisa que eu a acompanhe?

— Não é necessário. Estarei com o meu marido. Na pior das hipóteses, voltarei em menos de meia hora.

A criada concordou a contragosto. Odiava que sua senhora partisse sozinha quando já estava quase anoitecendo, porém sabia que não adiantava insistir quando lady Crosbey decidia fazer algo por conta própria.

A lady seguiu pelas ruas bem-iluminadas pelos lampiões a gás. Mayfair, por ser um bairro nobre, tinha vantagens como aquela.

Não demorou muito para a carruagem que ela estava, parar em frente à casa do seu marido. Alphonsine sentiu-se um pouco nervosa, mas não poderia voltar atrás. Respirou fundo e desceu do veículo para então seguir até a porta e bater.

— Milady? — O mordomo assustou-se ao ver a mulher ali na frente.

— Olá, Zarnett, sei que não sou bem-vinda, mas gostaria de falar com o meu marido, é urgente.

— Ele não se encontra, milady — o homem respondeu e respirou fundo, agradecido por naquele momento não precisar mentir.

— Sabe onde posso encontrá-lo? — Alphonsine perguntou, sem muita esperança de que o criado respondesse àquela pergunta, eles eram ensinados a não dar informações como aquela para pessoas cujo senhor já havia deixado claro estarem evitando, tanto que se surpreendeu quando o homem respondeu, sem pestanejar.

— A senhora deve encontrá-lo no Jenkins. E se me permite, milady, está encantadora esta noite.

O elogio por parte do homem a surpreendeu ainda mais do que a resposta e ela corou por causa do elogio.

— Obrigada, Zarnett. Não se preocupe, não direi que foi o senhor que me informou onde ele estava.

— Eu agradeço, milady.

Após saber onde deveria encontrar o seu marido, Alphonsine pediu que o coche a levasse até o Jenkins.

Conhecia o local apenas pelo que lia nos jornais e nas colunas de fofoca e sabia que aquele era um clube da alta sociedade, onde os homens poderiam jogar, beber e se divertir com mulheres.

Aquela viagem teria que valer a pena.

A carruagem levou cerca de dez minutos para chegar ao clube e Alphonsine desceu um pouco nervosa com a aproximação do encontro com o seu marido.

Pelo caminho que estava indo, Alphonsine notou duas mulheres entrando pela porta na lateral do prédio que ficava na esquina, provavelmente por ser um clube masculino, apenas os homens pudessem entrar pela entrada principal, enquanto as mulheres entravam por aquela porta.

Alphonsine pediu para a carruagem parar ali mesmo. Seria inclusive mais discreto e as chances de alguém vê-la ali naquela parte mais escura era menor.

Desceu da carruagem e rapidamente se direcionou para a

porta lateral.

Subiu por uma escada e depois passou por um corredor e uma saleta, depois apareceu outro corredor, este, diferente do anterior, era cheio de portas que pareciam estar ocupadas pelos barulhos que ela podia ouvir lá de dentro.

No final do corredor havia mais uma escada, esta já dava diretamente para o salão barulhento repleto de homens, mesas, bebidas e algumas mulheres que não pareciam ser damas da alta sociedade.

Ainda na escada, Alphonsine observou o local à procura de seu marido. Seus olhos pararam em um homem sentado em uma mesa com uma mulher em seu colo, enquanto bebia e jogava cartas. Demorou para reconhecer o seu marido naquele homem. Ele havia mudado muito.

Lorde Elijah estava mais velho, com a barba espessa, os ombros mais largos e a expressão endurecida. Não era mais o homem jovial com quem se casou. Entretanto, ela o achou ainda mais atraente do que quando se casaram.

A mulher no colo dele parecia confortável ali e beijava o pescoço de seu marido, enquanto as mãos passeavam pelo corpo dele.

Sentiu o asco a tomar ao ver aquilo. Ele não odiava mulheres, ele odiava a *ela*. Como se tivesse chamado o nome dele, Elijah ergueu os olhos em sua direção e a fitou.

Com um suspiro irritado por causa da outra mulher, Alphonsine terminou de descer as escadas e se direcionou até onde o seu marido estava. A mulher no colo dele percebeu quando ela chegou e a olhou com uma expressão irritada.

Ao que parecia, Alphonsine interrompia algo.

— Lorde Crosbey, será que podemos conversar rapidamente?

O seu marido a olhava de cima a baixo, e então desviou o olhar para a mulher em seu colo e gentilmente pediu que ela se levantasse para que ele pudesse fazer o mesmo.

Alphonsine tinha o coração acelerado naquele momento. Levaria seu marido até um local um pouco menos barulhento, se apresentaria e o agradeceria, em seguida tentaria fazer com que ele aceitasse o acordo de negócios que ela pretendia propor.

Entretanto, seus planos foram interrompidos quando um bêbado a empurrou, fazendo-a desequilibrar e cair no colo de outro homem.

♥

Já tinha perdido em torno de cem libras no carteado e havia uma bela mulher no seu colo que provavelmente era o motivo do azar dele nas cartas.

Não se importava. Seu intuito era gastar um pouco de sua fortuna. E estava conseguindo.

Continuou bebendo e jogando.

Até que sentiu algo chamar sua atenção a alguns metros de onde estava. Passeou os olhos pelo salão de jogos quando a viu.

Ela estava com um belo vestido marrom, que combinava perfeitamente com o cabelo castanho e lhe parecia estranhamente familiar, e ele procurou em sua memória de onde poderia conhecê-la. A dama parecia irritada e ele podia jurar que a irritação era direcionada para ele.

Apesar de estar um pouco mais bêbado do que gostaria, ele a observou descer as escadas com uma graça que não era comum a uma prostituta e começou a atravessar o salão na direção da mesa em que ele estava.

Vendo-a mais de perto, imaginou que ela só poderia ser causada por sua embriaguez, uma mulher tão bela quanto aquela não deveria ser capaz de existir. Era a mulher mais linda daquele lugar, e quando ela parou em frente a ele, Elijah sentiu o perfume que ela exalava e ficou completamente envolto naquele aroma tão delicado e delicioso.

Era um cheiro que ele nunca havia sentido antes e lhe causou um agradável arrepio.

Quando a mulher pediu para conversar, Elijah sorriu, sentindo sua sorte mudar naquela noite.

Ele tentou se levantar e percebeu que algo o segurava no lugar, desviou o olhar da dama recém-chegada e lembrou-se que estava com outra mulher em seu colo. Pediu que ela se levantasse para que ele pudesse sair e tão logo a prostituta saiu de cima dele, ele se pôs a seguir a outra mulher.

Contudo, o sonho logo virou pesadelo quando ele a viu ser empurrada e cair sentada no colo de outro homem.

Elijah sentiu o ódio o tomar ao ver as mãos do homem sobre o seu anjo.

— Por favor, senhor, me solte — a mulher insistia, tentando empurrar o homem que a agarrava, na tentativa de ficar de pé novamente.

— Por que eu faria isso? Não está gostando do meu colo? Que tal se sentar em outra coisa, boneca?

— Solte-a — ele ordenou. — Ela é minha.

— Saia daqui. Eu cheguei primeiro. A puta é minha. Procure outra para você.

— Se a insultar novamente, eu farei você engolir seus próprios dentes. A mulher é minha.

O homem até pensou em resistir, mas concluiu que continuar ganhando no carteado era mais empolgante do que brigar por uma mulher.

Assim que a dama foi libertada, Elijah segurou-lhe a mão e dessa vez tomou a dianteira, a levando até um local mais reservado do outro lado do salão.

— Você está bem? — ele perguntou para a mulher, preocupado que ela tivesse se machucado com o empurrão.

Ela parecia um pouco preocupada e envergonhada e Elijah desejou poder acalmá-la de suas preocupações.

— Vou ficar.

— Acho que lhe devo mais um agradecimento agora.

— Não precisa me agradecer, fiz apenas o que qualquer um deveria ter feito com uma dama em perigo.

— Eu pensei que não encontraria gentileza no senhor.

— Eu nem sempre sou gentil, mas quando a vi descendo aquelas escadas, soube que não podia tratá-la com nada além de gentileza.

A mulher sorriu ao ouvir aquelas palavras e levou a mão

enluvada ao peito, como se tentasse segurar as emoções. E se Elijah pudesse parar o tempo, o faria naquele momento, só para apreciar um pouco mais aquele sorriso.

— Gostaria de tomar algo? Acredito que aquele homem possa tê-la assustado. Depois de situações assim, nada melhor que um pouco de álcool para acalmar os ânimos.

— Acho melhor não — a mulher respondeu. — Eu não tenho muita tolerância a bebidas fortes.

— Eu cuidarei de você, não deixarei nada de ruim lhe acontecer. É por minha conta.

— Nesse caso, eu aceito.

Capítulo 7

Alphonsine não conseguia recusar quando ele era tão encantador daquele jeito. Seu marido, apesar de fisicamente diferente, parecia ainda ser tão gentil e cavalheiro com no dia em que se conheceram.

Ele a levou para uma mesa vazia e sentaram-se de frente um para o outro. Ele levantou o braço e um garçom foi até eles para atendê-lo. Pediu duas cervejas e o homem se retirou para trazer o que foi pedido.

— Você é nova aqui — ele constatou, quando ficaram a sós na mesa.

— É a primeira vez que venho — confirmou.

— Peço que me perdoe o atrevimento, mas não posso deixar de mencionar que a senhorita é a mulher mais linda que eu já vi.

Aquela frase surpreendeu Alphonsine, que não conseguiu formular nenhuma frase.

— Desculpe se estou sendo insolente, mas desde que entrou por aquelas escadas, eu não consigo tirar os olhos de você.

— O senhor é muito gentil — Alphonsine respondeu, ficando

corada diante dos elogios.

Ficaram em silêncio quando o garçom voltou trazendo a bebida.

Alphonsine agradeceu ao homem, que a olhou com um sorriso e lhe deu uma piscadela.

— Você está chamando a atenção de todos esta noite. Não só a minha — Elijah comentou com algo muito próximo de ciúme.

Alphonsine escondeu o seu sorriso, erguendo a caneca de estanho com a cerveja e dando um gole na bebida. Aquele ciúme a deixou quente por dentro, ou teria sido a cerveja?

— Não sei por... — ela começou e em seguida lembrou-se do perfume que usou no banho. *Será que era isso que estava causando aquelas reações?*

— Eu sei o porquê — Elijah respondeu.

Alphonsine ergueu as sobrancelhas curiosa com o que ele diria.

— E o que seria?

— Porque você parece um anjo. — Ele tocou a mão enluvada dela e entrelaçou os dedos deles. — Céus, eu daria qualquer coisa para tirar essa luva e sentir o seu toque. Desculpe, estou tentando me controlar para não fazer ou falar coisas idiotas, mas eu simplesmente não consigo parar. É mais forte do que eu. Eu não consigo resistir.

Alphonsine ficou sem reação ao ouvir aquelas palavras. Aquele homem era completamente diferente do que ela imaginava enquanto lia as palavras escritas por ele.

— Hoje eu gostaria de passar a noite com você — Elijah comentou e Alphonsine abriu os olhos em pratos, ficando ainda mais surpresa.

Ele olhava para ela com os olhos escurecidos.

— Eu não...

— Faz muitos anos que não desejo uma mulher como eu a desejo. Eu preciso levá-la para a cama, mal consigo me conter para não a tocar aqui mesmo. Diga-me o seu preço, eu pago o que for.

Então ela entendeu tudo. Ele não sabia quem ela era.

A surpresa a deixou muda. Ele achava que ela era uma prostituta e queria levá-la para a cama. Toda aquela gentileza e cavalheirismo era por achar que era uma prostituta qualquer que lhe tinha despertado o desejo.

— Não quero o seu dinheiro — ela respondeu.

— Eu a ofendi e peço o seu perdão. Entretanto, peço que entenda que as palavras anteriores foram resultado do desejo que estou sentindo no momento, e que apenas aumenta a cada minuto e enlouquece-me dolorosamente. Eu mal consigo suportar estar tão perto e não poder tocá-la.

Elijah colocou a mão sobre a dela e Alphonsine apenas observou-o entrelaçando os dedos nos dela. Seu marido estava disposto a levá-la para a cama por achar que ela era outra mulher

Ficou ofendida por ele pensar que era uma prostituta, e estava furiosa, por ele se recusar a dar a ela um casamento de verdade, enquanto oferecia noites de prazer a qualquer mulher que lhe despertasse o interesse.

Estava prestes a se levantar e deixá-lo sozinho, quando se lembrou da frase do conde.

"Vocês não têm filhos. "

Ela precisava de um filho, e aquela seria a melhor oportunidade que teria. Se fosse para a cama com ele, havia alguma chance de ela engravidar.

E se aquela era a única forma de tê-lo em sua cama, então deixaria que ele continuasse acreditando que era apenas uma rameira qualquer.

— Eu acredito que lhe devo esta noite. Afinal, o senhor me ajudou... — E completou baixinho, apenas para si: — *Duas vezes.*

Elijah sorriu com a resposta e sem esperá-la terminar sua bebida, ele a segurou pela mão e a puxou em direção à escada por onde ela tinha vindo.

— Não, não aqui — ela o impediu. Ainda que ele achasse que ela era uma prostituta, se recusava a agir como uma.

— Na minha casa, então? — ele ofereceu.

Alphonsine se lembrou que o mordomo poderia reconhecê-la, então preferiu evitar a casa dele. Entretanto, tampouco poderia ser no hotel onde ela estava. Teria que encontrar outro lugar para eles.

— Não. Em algum outro lugar.

— Tem uma estalagem a algumas milhas daqui.

— Perfeito.

Seguiram para fora do clube e Elijah a levou para a carruagem dele. Ao ver o seu cocheiro a esperando, ela fez sinal para que ele a seguisse.

Assim que a carruagem se pôs a andar, Elijah puxou Alphonsine para o seu colo.

— Eu não vou conseguir manter minhas mãos longe de você. — Ele afundou as mãos nos cabelos dela e a puxou para ele, fazendo com que os lábios se encontrassem em um beijo.

Alphonsine sentiu o coração acelerar quando ele a beijou e, após passar a surpresa, envolveu seus braços no pescoço dele e o beijou de volta. Ele tinha gosto de cerveja e algo bastante masculino que ela não soube identificar.

Elijah achou que não pudesse desejar aquela mulher mais do que já fazia, mas estava enganado, assim que ela retribuiu ao beijo, o desejo de possuí-la se tornou ainda mais forte, sentiu-se endurecer e o aperto em sua calça começou a ficar desconfortável.

Elijah passeou a mão pelo corpo da mulher, ficando irritado por ter tanto tecido entre eles, mas antes que pudesse pensar em despi-la ali mesmo na carruagem, eles chegaram à estalagem.

Lorde Crosbey interrompeu o beijo, e delicadamente tirou a mulher de seu colo. A colocando sentada no banco e desceu da carruagem, em seguida estendeu a mão para ajudá-la a descer.

Se estivesse completamente sóbrio, teria notado que o porte dela não era de uma prostituta, mas não estava e seu desejo o cegava para qualquer coisa que não fosse tocá-la, beijá-la ou possuí-la.

Seguiram para o balcão e Elijah pediu um quarto. O homem lhe entregou uma chave e indicou o caminho do quarto.

Elijah ia na frente, apressado, como se temesse que a demora pudesse fazer a mulher desistir de tudo.

Assim que conseguiu entrar no quarto, puxou a dama para

dentro e fechou a porta. Voltou a beijar a mulher com o mesmo ímpeto que tinha quando estava na carruagem, porém, naquele momento, poderia usar suas mãos para arrancar as camadas de roupa que o impediam de ter a pele dela livre para seu toque.

Alphonsine percebeu que estava sendo despida, porém o beijo a deixou muito ocupada para se importar ou sentir vergonha. Seu marido beijava muito bem, ela havia se esquecido o quanto ele podia deixá-la à mercê com apenas um único beijo.

Elijah conseguiu afrouxar as amarrações das costas do vestido da mulher e logo puxou o tecido para baixo, expondo os seios generosos, macios e redondos. Fez com que ela retirasse os braços das mangas do vestido e o empurrou até o quadril, expondo ainda mais do corpo perfeito e voluptuoso que ela possuía.

Afastou-se apenas um instante para observá-la, mas não conseguiu se manter longe por muito tempo. A pele macia e rosada dela parecia atraí-lo como um ímã. Beijou cada centímetro de pele exposta e quando chegou aos seios, os lambeu e mordiscou, fazendo a mulher soltar gemidos de prazer. Contornou a aréola com a língua e brincou com os mamilos entumecidos entre seus dentes.

Alphonsine não conseguia pensar, apenas sentir. Seu corpo era explorado por seu marido de uma forma magnífica e as sensações que ele causava eram intensas. Seu corpo ansiava pelo toque dele, e ela queria mais.

Ele a levou para a cama e a deitou entre os lençóis limpos, ficando por cima dela e beijando novamente os seios, enquanto com a mão, liberava sua ereção que já latejava endurecida.

Assim que abaixou as calças, ergueu as saias dela e procurou a intimidade dela com as mãos. Encontrou apenas as roupas íntimas e praguejou.

Enrolou as saias até o quadril dela e puxou as anáguas para baixo, para logo em seguida desamarrar o nó que segurava última peça que o impedia de ter total acesso ao corpo da mulher.

Alphonsine deixou que ele tirasse suas roupas íntimas, estava nervosa e ansiosa com o que viria a seguir. Sentiu quando ficou sem nenhuma peça de baixo, pois o vento frio tocou sua pele desnuda. Arrepiou-se inteiramente ao senti-lo tocar a parte interna de suas coxas, e quando ele subiu as mãos e tocou em suas dobras mais íntimas, ela arquejou surpresa e gemeu o nome dele quando ele colocou um dedo dentro dela.

— Você já está tão molhada — ele aprovou, deitando-se novamente por cima dela e direcionando a rigidez na abertura das dobras da mulher.

Com uma única estocada, ele a penetrou. Alphonsine gritou ao se sentir preenchida por ele, mas não porque estivesse doendo.

Não havia dor como na consumação, era apenas prazer. Um prazer que Alphonsine nunca havia sentido antes. Aquilo era completamente novo para ela. E quando ele começou a se movimentar, ela descobriu que havia estado longe do paraíso o tempo inteiro.

Ele a possuía com força e desejo, as estocadas aumentavam cada vez mais o prazer, e o clímax se aproximava a cada entra e sai. Elijah estava há tanto tempo sem uma mulher, que sentiu dificuldade de segurar o seu próprio orgasmo, pretendia estar fora da mulher quando o êxtase o tomasse, mas quando sentiu que ela se apertava ao seu redor, perdeu completamente o controle e se derramou ali mesmo.

Alphonsine notou que ele havia terminado quando o movimento ritmado cessou e o homem grunhiu em seu ouvido. Sentiu seu ventre aquecer e logo em seguida o homem se afastou e se retirou dela.

— Você é incrível, eu nunca me senti assim com mulher nenhuma, mal pude me controlar. Diga-me quanto eu lhe devo.

— Não me deve nada — Alphonsine respondeu. — Mas agora eu devo ir. Já fiz o que tinha que fazer.

Após dizer aquelas palavras, ela se levantou da cama e começou a se vestir. E apesar dos protestos de Elijah, saiu do quarto sem olhar para trás.

♥

Alphonsine saiu da estalagem com o cabelo bagunçado e as roupas ainda amarrotadas. Fez o possível para esconder o rosto ao sair naquele estado e rapidamente encontrou sua carruagem na rua e entrou nela, finalmente ficando mais tranquila ao saber que estava segura e que voltaria para o hotel. Alphonsine procurou arrumar sua aparência para não chamar a atenção quando precisasse descer do veículo.

Após perceber que não havia mais o que melhorar, parou de tentar desamassar o vestido. Respirou uma vez profundamente e saiu da carruagem como se nada tivesse acontecido.

Entrou no hotel e se dirigiu o mais rápido que pôde, sem chamar a atenção, para o seu quarto. Assim que trancou a porta atrás de si, desabou escorada na madeira, pensando no que havia acabado de fazer.

Tinha compartilhado a cama com o seu marido e agora havia uma chance de engravidar.

— Milady, me informaram que a senhora havia chegado... — Mirtes percebeu o estado de Alphonsine —... conseguiu conversar com ele?

— Sim e não.

— Conte-me, milady, não me deixe sofrendo de curiosidade.

— Eu me deitei com ele.

— Meu Deus! — Mirtes ficou surpresa e em seguida, confusa. — E por que voltou para o hotel?

— Ele achou que eu era uma prostituta. Não me reconheceu.

— O quê? como isso é possível?

Alphonsine relatou todos os acontecimentos daquela noite para a criada, que ficava cada vez mais impactada à medida que sua senhora avançava na narrativa.

— Céus, eu ainda estou surpresa que ele não a tenha reconhecido.

— Ele estava um pouco bêbado e eu também mudei nos últimos sete anos. Não sou mais aquela jovenzinha inocente de rosto angelical que ele deve se lembrar.

— E o que fará se ficar grávida?

— Pretendo apenas enviar uma carta a ele informando da

criança. O pai dele logo também saberá e então eu ficarei segura novamente. Sinceramente, eu espero muito que esta noite resulte nisso, pois não sei se um dia terei outra chance.

— Ele pode pensar que a criança não é dele.

— Ele se lembrará de mim.

— A senhora falou que ele havia bebido naquela noite, um primo meu sempre que bebe nunca se lembra das coisas que fez. Se seu marido esquecer que esteve com a senhora?

— Isso seria um problema, pois ele pensaria que o traí com outro homem, mas ele falou que assumiria o filho, ainda que bastardo.

— A senhora não deve acreditar nele, milady. A carta pode ter sido apenas uma provocação.

Alphonsine sentiu a preocupação a atingir com a força de uma carruagem.

— Oh, céus, minha carta. A que diz que arrumarei um amante. Isso pode ainda servir como prova de minha suposta infidelidade.

— Sim. Isso mesmo.

— Oh, Mirtes, o que devo fazer? — Alphonsine ficou aflita.

— Calma, vamos pensar em algo.

A criada refletiu por alguns minutos, enquanto despia Alphonsine e se lembrou de algo que talvez ajudasse.

— Já sei. A senhora deve se passar por prostituta outra vez e quando se deitar com ele, pegue algo que pertença a ele para si.

— Você quer que eu seduza e roube o meu marido? Isso não vai dar certo.

— Vai, sim. Se a senhora ficar mesmo grávida, e ele acusá-la de adultério, diga que o seu amante é o homem a quem aquele objeto pertence. Ele reconhecerá o objeto, ainda que não reconheça a senhora.

— De onde tirou essa ideia? — Alphonsine perguntou, curiosa.

— Da bíblia — a mulher respondeu, enchendo o peito, orgulhosa por ter se lembrado da história de Tamar. — E o melhor, milady, é que levar o seu marido duas vezes para cama, aumenta ainda mais a chance de a senhora engravidar.

Alphonsine balançou a cabeça, incrédula, mas em uma coisa sua criada tinha razão, quanto mais levasse seu marido para a cama, mais chances teria de conceber uma criança.

Então decidiu que na noite seguinte voltaria ao clube.

♥

Elijah acordou confuso, com a cabeça doendo e a garganta seca. Tinha voltado para sua casa de madrugada, e mal se lembrava das coisas que fizera na noite anterior. Tinha apenas lembranças vagas de um sonho onde ele fazia amor com um anjo.

A ideia de trair sua esposa não lhe agradava, mas sonhar não podia ser considerado traição. Ainda que o sonho tenha sido tão intenso, que tudo o que ele desejava, era poder repeti-lo incontáveis vezes.

Entretanto, a realidade era outra. Uma visão cruel a qual ele mesmo havia imposto a si e agora precisava mantê-la.

Chamou o seu criado e pediu que o café fosse servido ali na cama. A ressaca o deixava completamente indisposto e ele não pretendia sair de casa durante o dia. O faria à noite, quando voltaria para o clube como pretendia fazer o resto da semana até não lhe restar o que gastar.

Capítulo 8

Assim que a noite caiu, Alphonsine se preparou para a sua empreitada, repetiu os mesmos processos da noite anterior e dessa vez, levou consigo o pó afrodisíaco, caso fosse necessário de mais algum artifício para seduzir novamente seu marido.

Pediu mais um coche para ir até o clube, porém antes de seguir para o seu destino, preferiu garantir que o seu alvo estaria lá naquela noite.

Então ordenou ao coche que fosse primeiro para a casa de lorde Crosbey.

Ao chegar ao local, bateu à porta e esperou o mordomo aparecer.

— Boa noite, Zarnett, lorde Crosbey está? — ela perguntou, já esperando a resposta negativa, assim que o homem apareceu na porta.

— Sinto muito, milady, ele saiu há alguns minutos.

— Ele foi para o clube outra vez? — Alphonsine perguntou, para se certificar.

— Sim, milady — confirmou.

— Obrigada, Zarnett. — Alphonsine ia se despedir do mordomo, quando, ao engolir a saliva, o líquido decidiu seguir por um caminho que não era o habitual.

Imediatamente começou a tossir.

O mordomo, que ainda não tinha entrado, se preocupou com o estado da lady e rapidamente foi ao seu encontro.

— Milady, a senhora está bem?

Alphonsine fez que sim com a cabeça, mas continuou a tossir. Havia se engasgado com a própria saliva, aquilo era vexatório.

Ao ver que a mulher não parava de tossir, Zarnett se ofereceu para pegar um pouco de água. Poderia simplesmente fechar a porta e deixá-la do lado de fora, como sempre fazia na ausência do lorde ou quando as visitas não eram esperadas, entretanto, aquela era a esposa dele, deixá-la do lado de fora, ainda mais naquele estado, por mais que o lorde tenha proibido sua entrada, era uma descortesia sem tamanho. Como não poderia desobedecer a uma ordem do seu patrão, mas também se recusando a ser descortês, Zarnett deixou a porta aberta para se caso fosse necessário, a lady pudesse entrar.

Enquanto o mordomo providenciava a água, a tosse de Alphonsine se acalmou, ficando apenas um leve desconforto em sua garganta. Ela não percebeu que uma carruagem parava atrás da sua, tampouco notou quando o homem se aproximou. Só se deu conta da presença dele quando ouviu a voz atrás de si.

— É você!

♥

Elijah estava se dirigindo ao clube quando se lembrou de que havia deixado as notas do banco em seu escritório. Sem elas, ele só poderia gastar o que tivesse em seu bolso, e o que tinha neles não era o suficiente para o seu propósito. Então aproveitou que estava a apenas alguns quarteirões e pediu para o seu cocheiro voltar.

Assim que a carruagem parou, o homem percebeu que havia alguém à sua porta. Desceu do veículo e se dirigiu à entrada de sua casa, pronto para saber o que a visita queria.

Reconheceu primeiro a fragrância que a mulher exalava. Assim que aquele aroma entrou pelo seu nariz, ele sentiu o seu corpo se aquecer. O cheiro lhe era familiar e ele mal acreditou no que estava diante dele.

— É você! — A frase minúscula não passou de um sussurro, mas foi alto o suficiente para a dama ouvir.

Diferente da noite anterior, naquele momento ela usava um vestido azul, que a deixou ainda mais etérea. Quase utópica.

A dama se virou bruscamente ao ouvir a voz do marido e pareceu preocupada ao encontrá-lo ali.

— Sou eu — ela concordou, ficando corada.

— Eu pensei que você fosse um sonho — Elijah confessou, enquanto dava um passo para mais perto da mulher, sentindo que sua aproximação era resultado da atração que ela exercia sobre ele. — Você é real.

— Eu sou real.

A mulher sorriu e Elijah ficou deslumbrado com a beleza dela. Agora que a via, sóbrio, percebia que seus olhos turvos na noite anterior não fizeram jus à mulher à sua frente.

Elijah tocou o rosto dela com as mãos desnudas e Alphonsine inclinou-se na direção do toque.

— Eu a queria tanto, que estava disposto a fazer tudo o que fiz ontem, na esperança de que você aparecesse novamente para mim.

— Não precisa se esforçar mais. Eu já estou aqui.

Com aquela resposta, Elijah foi incapaz de resistir à tentação de beijá-la.

O lorde a pegou pela cintura e a puxou para ele colando a boca dele na dela. Zarnett, que estava retornando com a água, ao presenciar a cena íntima do beijo voltou pelo mesmo caminho e deixou os dois finalmente se entenderem como deveria ser.

— É ainda mais deliciosa que no sonho. Entre comigo... — Elijah comentou, assim que afastou a boca da dela.

— Eu não posso. Não aqui.

— Então vamos para outro lugar.

— Então deixe-me apenas avisar ao meu cocheiro para seguir a sua carruagem — ela pediu e Elijah concordou.

Após dar as instruções conforme havia informado que faria, a mulher retornou para o lado dele e Elijah a conduziu até a carruagem que lhe pertencia, a ajudou a subir e deu novas coordenadas para o cocheiro. Sentaram-se um de frente para o outro e, logo, os cavalos começaram a trotar, colocando a carruagem em movimento.

Elijah a observava, ela estava sentada tão perto e ao mesmo tempo longe demais.

— Venha para cá, não suporto não poder tocá-la. — Ele estendeu a mão e assim que ela colocou a mão na dele, ele a puxou para que ela se sentasse em seu colo. — Você me enfeitiçou. A desejo ainda mais do que nos meus sonhos.

Ele a puxou para mais um beijo e suas mãos ávidas começaram a desamarrar os laços que prendiam o vestido dela.

— Se continuar assim, milorde, entrarei nua na estalagem — a dama comentou e ele parou de afrouxar os laços do vestido dela.

— Perdoe a minha afobação, mas é como se todo controle que eu possuo se esvaísse em sua presença. Não consigo conter o desejo de possuí-la.

— Não se preocupe, teremos a noite inteira para nós.

— Não vai fugir de mim novamente?

— Não. Foi um erro fazê-lo ontem. Mas fiquei tão apavorada com os sentimentos que o senhor despertou em mim, que não soube o que fazer além de fugir o mais rápido possível. Entretanto, como o senhor pode notar, não suportei a ideia de não o ver novamente.

— Fico muito satisfeito em saber que o sentimento que me acomete também é sentido pela senhorita.

A mulher apenas sorriu e, dessa vez, ela o beijou.

Quando chegaram à estalagem, seguiram para o quarto, coincidentemente o mesmo da noite anterior.

Assim que entraram, Elijah a pressionou contra a parede, capturando os lábios dela em um beijo voluptuoso.

As mãos dele se apressaram em desnudá-la. Queria sentir a maciez da pele, se certificar que era tão suave ao toque como em suas lembranças nubladas.

O desejo era tão intenso quanto na noite anterior, e ele ansiava em saciá-lo. Entretanto, não havia apreciado a beleza natural dela, nem sequer havia tirado o vestido para possuí-la, e não repetiria o mesmo erro naquela noite.

Retirou peça por peça até deixá-la completamente nua. A guiou até a cama e a fez se deitar. Para sua surpresa, ela pareceu tímida ao ter o seu corpo como alvo da atenção dele.

— Você não precisa fingir timidez.

— É que ninguém nunca me olhou da forma como o senhor olha — a mulher respondeu e ele sentiu aquela frase o encher de satisfação.

— Tolos. E se depender de mim, nunca mais olharão.

— É claro. — A mulher sorriu, mas parecia incrédula.

— Eu estou falando sério. Eu cuidarei de você, a protegerei, lhe darei o que precisar. Aceite ser a minha amante.

— Shh. — Ela tocou os lábios dele com os dedos. — Não fale mais nada, apenas me beije e depois me possua.

— Isso é um sim?

— É o que o senhor quiser que seja.

A mulher o puxou para si, para interromper aquele falatório e Elijah não se importou. Estava sendo muito difícil formular frases coerentes quando ela estava ali nua e sedutora em sua cama.

Voltou a beijá-la nos lábios, mas não demorou muito naquele ponto. Desceu os beijos pelo pescoço dela, atravessou o vale entre os seios volumosos e continuou descendo até chegar ao umbigo, onde o rodeou com a língua antes de descer mais um pouco.

Desejava provar o sabor dela, queria tomá-la de todas as formas possíveis para que ela não lembrasse sequer que um dia já estivera com outros homens.

Abriu as pernas dela com carinho, enquanto beijava a parte interna das coxas.

— O que o senhor está...

Elijah não a deixou terminar a pergunta, pois logo entenderia o que ele estava fazendo quando a boca dele alcançasse a intimidade dela.

Ele abriu suas dobras mais externas com os dedos e a encontrou rosada e úmida. Ela era linda, perfeita. Ele depositou um beijo na parte superior onde sabia que causaria extremo prazer a ela. E quando percebeu que ela segurava o ar em expectativa, a lambeu e chupou até vê-la se contorcer em sua boca.

Introduziu um dedo dentro dela e a massageou entrando e saindo, e sentindo que ela ficava mais molhada a cada movimento.

Os gemidos se intensificaram quando o orgasmo dela se aproximou, ele continuou provocando até ela se derramar na boca e na mão dele.

♥

Alphonsine sentiu seu corpo relaxar como se todas as suas forças tivessem se esvaído de uma única vez. Havia acabado de alcançar o seu clímax e estava completamente entorpecida por ele. Nunca imaginou que aquilo pudesse ser tão maravilhoso.

Observou o seu marido se afastar dela e ficar completamente nu. Ela nunca o tinha visto sem nenhuma peça de roupa, nem mesmo na noite de núpcias, e por isso se admirou ao ter aquela visão diante de si.

Elijah era um homem esguio, porém musculoso, os pelos, mais volumosos no torso dele, desciam formando uma trilha por sua barriga até voltarem a encher logo acima da ereção.

Alphonsine não pôde deixar de notar o tamanho daquela parte da anatomia de seu marido e a forma que ele pulsava à medida que Elijah subia na cama. A ponta avermelhada brilhava como se estivesse molhada e a dama ficou ansiosa para ter tudo aquilo dentro de si.

— Venha cá, querida. Quero a sua boca no meu pau.

Alphonsine não entendeu o que ele quis dizer, entretanto, se sentou sobre os joelhos na cama, esperando que ele desse mais informações sobre o que queria.

Ele a segurou pelos cabelos e gentilmente a guiou até o membro endurecido. Assim que ela se aproximou, ele passou a rigidez pelas bochechas dela e depois o colocou nos lábios da mulher.

— Abra a boca para mim — ele pediu.

Assim que entendeu o que ele queria, Alphonsine abocanhou a ereção dele e permitiu que entrasse e saísse de sua boca num movimento de vaivém.

Os grunhidos satisfeitos que ele emitia deixaram Alphonsine excitada e ela não se importou quando ele acelerou. Entretanto, ela precisou se afastar quando ele foi fundo demais.

— Se continuar assim, vou me derramar na sua boca, e não quero isso, ainda. — Ele a puxou para um beijo rápido nos lábios. — Vire-se.

Alphonsine se virou, ficando de costas para ele, sem entender o que ele queria.

— Fique de joelhos na cama e se debruce para frente — Elijah explicou, ajudando-a a se colocar na posição que ele queria.

Assim que ela encostou os seios no colchão, ele ergueu o quadril dela e Alphonsine o sentiu se posicionar atrás dela e não demorou muito para a ereção dele a penetrar.

Aquela posição permitia a ele maior profundidade e arremetia com força e desejo, fazendo Alphonsine gemer com as sensações intensas.

Quando ele se inclinou sobre ela, e a envolveu com o braço, tocando no clitóris com os dedos, Alphonsine gritou tamanho foi o prazer que lhe transpassou o corpo.

Os movimentos ficaram frenéticos. Os gemidos mais altos. E o prazer alcançou novos níveis quando os dois gozaram no mesmo momento.

Caíram juntos na cama. Elijah tomou o cuidado de não desabar por cima de Alphonsine girando o seu corpo para ficar ao lado dela.

— Meu Deus, isso foi... — A falta de ar interrompeu a frase.

— Magnífico — Alphonsine completou por ele, também resfolegando.

— Sim, magnífico — ele concordou e a puxou para os seus braços, bocejando logo em seguida. — Agora que notei que não sei o seu nome, senhorita.

Alphonsine gelou naquele momento. Não podia dar a ele o seu nome verdadeiro. Então forçou um sorriso e agradeceu por estar com o rosto escondido no pescoço dele.

— Eu gosto do anonimato — ela respondeu, torcendo para que ele não insistisse naquilo.

— Não me torture dessa forma.

Elijah bocejou novamente.

— Está tarde, milorde, descanse e de manhã lhe darei meu nome — ela prometeu, tentando ganhar tempo.

— Eu não deveria ir dormir agora — ele resmungou, a puxando para mais perto, aninhando o corpo dela ao dele. — Mas incrivelmente estou com um pouco de sono. Não sei o porquê.

— Então descanse. Assim poderá recuperar as forças, milorde.

— Chame-me de Elijah — ele murmurou, fechando os olhos.

— Elijah... — Alphonsine sussurrou o nome. Nunca o havia chamado pelo primeiro nome, não tiveram intimidade para tanto. Mas ali, tendo se encontrado com ela por apenas duas vezes, ele já tinha compartilhado mais do que em todos os anos que estiveram casados.

Alphonsine notou que o seu marido já dormia. Esperou mais um pouco até ter certeza de que o sono havia se tornado profundo, e com todo o cuidado, se desvencilhou dele e procurou nas roupas jogadas no chão, algo que pudesse usar como garantia de sua fidelidade.

Ao enfiar a mão no casaco dele, sentiu tocar em algo gélido e duro. Tirou do casaco e se aproximou do candelabro para conferir o que era o objeto.

Era um relógio de bolso, feito de prata com algumas manchas e riscos, resultantes do uso da peça continuamente. Atrás do relógio havia o símbolo dos Hawkish, e Alphonsine determinou que aquilo bastava.

Vestiu suas próprias roupas e guardou o relógio dele dentro do corpete, uma vez que aquele vestido não possuía bolsos. Silenciosamente, abriu a porta e mais uma vez foi embora.

Na manhã seguinte, quando acordou, Elijah se encontrou sozinho no quarto, completamente nu. Vestiu sua roupa e procurou a mulher em todo lugar. Não a encontrou. Enfiou a mão em seu casaco para saber as horas, e descobriu que seu relógio também havia sumido.

Procurou no quarto inteiro, acreditando que ele pudesse ter se soltado e caído quando se despiu na noite anterior, porém, não encontrou o relógio em lugar nenhum.

Uma suspeita de que o relógio não tinha caído do bolso e sim que alguém o tinha retirado de lá começou a ganhar forma em sua mente.

Procurou seu dinheiro no outro bolso para confirmar aquela suspeita, mas percebeu que ele estava lá.

Aquilo não fazia sentido. Se ela fosse roubar algo, por que deixar o dinheiro e levar apenas um relógio velho que, apesar de ter algum valor, valia bem menos do que a soma das libras que ele tinha no bolso?

Tentou entender o motivo de ela partir, mas não chegou à conclusão nenhuma.

Desceu para a recepção e informou sobre a perda do relógio, caso algum criado encontrasse o objeto pelo chão, ele daria uma recompensa pela devolução. Pagou pela noite e voltou para casa.

O percurso de carruagem o deixou irritadiço. A mulher o tinha abandonado mais uma vez, e daquela, havia levado consigo algo que era importante para ele.

Ao chegar em casa, Zarnett o recebeu e ao ver a irritação do homem, ficou preocupado.

— Milorde, o senhor está bem, aconteceu algo? — perguntou, enquanto pegava o casaco e o chapéu do lorde.

— Vou precisar de um relógio de bolso novo — Elijah respondeu, um pouco vago.

— Não quer apenas consertá-lo como da última vez? — o homem comentou, acreditando que o relógio tinha parado mais uma vez.

— Não tenho como consertar desta vez, porque ele foi roubado!

— Isso é terrível. — Zarnett foi pego desprevenido com aquela notícia. Quem ousaria roubar um lorde como aquele? — O senhor quer que eu chame os policiais para dar queixa do roubo? Quem sabe consigam achar o ladrão.

— Não será necessário — negou. Em seguida mudou de assunto. — Diga a Sra. Dollan que prepare uma refeição leve para mim. Estarei nos meus aposentos.

O mordomo assentiu e Elijah subiu as escadas, se recusando a acreditar que aquela história terminaria daquele jeito. Iria procurar a ladra e quando a encontrasse, a ensinaria a nunca mais roubar dele.

Capítulo 9

Três dias depois...

Alphonsine estava na carruagem em direção à casa de lorde Derbeshire para a reunião de investidores que acontecia mensalmente na casa do nobre.

Depois de conseguir o relógio do seu marido para servir de prova de sua fidelidade, caso ficasse grávida, não conseguiu mais ficar em paz.

Não apenas por causa de Elijah, que provavelmente estava odiando a prostituta ladra, mas porque não tinha certeza se aquelas duas noites seriam suficientes para ela engravidar.

E aquilo a havia deixado insone. Ainda demoraria muito para saber se sua empreitada havia ou não dado frutos. E enquanto não tivesse a resposta para aquela pergunta, seu futuro continuaria sendo uma incógnita.

Sabia que se continuasse a pensar naquele assunto, enlouqueceria de preocupação. Então, por isso, quando o dia da reunião com os investidores chegou, ficou agradecida por ter outra coisa para ocupar a mente.

A carruagem parou e lady Crosbey respirou fundo, deixando

o rosto impassível como sempre. Ela já não era muito respeitada naquelas reuniões, e se deixasse que eles vissem o quão sentimental estava, a devorariam como leões.

Assim que foi anunciada, percebeu que algo estava diferente. Os cinco homens presentes na mesa silenciaram. Aquilo somente tinha acontecido no primeiro dia em que decidiu aparecer ali com o convite de lorde Mackoly, o seu primeiro sócio de investimento.

— O seu marido virá, milady? — lorde Derbeshire perguntou, com uma sobrancelha erguida.

— Ele não virá, milorde.

— Pensei que Grantfell tivesse dado o nosso recado. — O homem mais velho olhou de forma reprobatória para o dono da rede de hotelaria que estava sentado na outra ponta da mesa.

— Ele deu, milorde. Mas meu marido não tem interesse nos meus negócios.

— Seus? Acho que a senhora se esquece que apenas intermedia em nome do seu marido — lorde Rivent alfinetou. De todos, aquele era o que ela menos gostava e o sentimento era recíproco.

— Não se engane, milorde, pode estar no nome dele, mas eu tenho total autonomia sobre esses negócios.

Lorde Derbeshire bufou, debochado.

— Independentemente do que acredite, os negócios devem ser tratados entre homens. Agora que o seu marido está de volta da guerra, é imprescindível que ele assuma a sociedade e participe das reuniões.

— Eu tenho tratado dos negócios com os senhores por cinco anos.

— Milady, se o seu marido tivesse morrido, ou mesmo ainda estivesse fora, ficaríamos mais do que felizes em tê-la conosco, mas somos um grupo respeitado e não podemos nos tornar motivo de riso ou permitir que a nossa credibilidade decaia. E continuar tratando de negócios com a senhora, sendo que o seu marido se encontra na cidade, será motivo de falatório tanto para nós quanto para a milady — Grantfell explicou e todos concordaram, inclusive, lorde Mackoly.

— Eu sinto muito, milady, são apenas negócios, o respeito e admiração que sinto pela senhora continuam, mas não posso ignorar o fato de que sua presença nas reuniões afetará a credibilidade de todos nós — o homem se desculpou, ao ver que ela o olhava, perplexa.

Aquela frase tinha sido dita pelo homem que mais tinha lhe ajudado quando ela começou nos negócios e sentia-se traída com a atitude dele e a surpresa de Alphonsine com aquela resposta foi genuína.

Já deveria imaginar que a volta de seu marido da guerra afetaria todo e qualquer aspecto da sua vida. Entretanto, ela não conseguiu uma cadeira naquela maldita mesa abaixando a cabeça e aceitando o que quer que eles decidissem.

— É curioso que quando os senhores precisaram de uma investidora, nenhum ousou me recusar. E agora fingem que o meu dinheiro não vale tanto quanto o de qualquer um aqui.

— Milady, a senhora foi aceita no nosso círculo unicamente porque falava em nome de seu marido, enquanto ele estava na guerra. Agora que retornou, ele pode falar e investir por si mesmo. Sua palavra sem a aprovação dele não vale nada — lorde Derbeshire respondeu.

— Eu posso muito bem investir em meu próprio nome.

Lorde Rivent riu alto por causa do absurdo daquela fala.

— Milady, nós todos sabemos que isso é impossível — lorde Rivent comentou. — Os bens que a senhora acredita possuir, na verdade, pertencem a seu marido.

— Cada um tem um papel a desempenhar na sociedade — o anfitrião acrescentou. — O da senhora é gerir uma casa e o de seu marido, os negócios. Não tente mudar aquilo que já é certo. O mundo ficaria completamente intragável, caso os papéis se invertessem.

— Meu marido não faz investimentos, lorde Derbeshire, eu os faço. Mas eu entendi que não sou bem-vinda, não se preocupe que não insistirei em permanecer entre os senhores. — Ela olhou para cada um que estava ao redor da mesa. — Aguardarei todos com os quais tenho sociedade para que me devolvam cada centavo que eu investi e a parte a qual tenho direito. — E voltando-se para o anfitrião, concluiu: — E quanto ao meu papel na sociedade, milorde, saiba que ele não será ditado por ninguém além de mim mesma.

Alphonsine virou as costas e seguiu até a saída. Voltou para a carruagem furiosa e indicou que o cocheiro a levasse para o hotel. Assim que chegou ao seu quarto, tocou o sinete para chamar sua criada para ajudá-la a se despir.

— Por que os homens se acham tão superiores? — ela resmungava na banheira, enquanto Mirtes a ajudava a lavar os cabelos no banho. — Eu sou tão ou mais capaz quanto qualquer um deles.

— Não tenho dúvidas quanto a isso, milady.

Alphonsine suspirou, triste. O mundo não era um lugar fácil para mulheres e se tornava ainda mais difícil para aquelas que eram como ela. Mulheres que sonhavam em ser mais do que apenas um enfeite para ser exibido pelo seu marido, costumavam ser facilmente silenciadas e eram jogadas em uma realidade ainda mais cruel do que a que viviam antes.

Continuar ali tão perto daquela realidade minava as forças e levava ao limite a mente de qualquer pessoa sã. Quanto antes voltasse à sua casa, onde conseguia ao menos ter paz, melhor.

— Ficaremos apenas mais alguns dias aqui, Mirtes, assim que eu encerrar os negócios quero voltar para o campo o mais breve possível.

— Como desejar, milady.

♥

Um dia depois...

Elijah estava em seu escritório quando Zarnett o informou que haviam três visitas para ele. Como não estava esperando ninguém, o lorde ficou curioso com o motivo da visita.

Informou a Zarnett que os homens podiam entrar e se preparou para recebê-los.

— Lorde Rivent, lorde Steffer e o lorde Derbeshire, milorde.

— Milordes, bem-vindos, a que devo essa visita?

— O senhor já deve saber da pequena discussão que aconteceu ontem com a sua esposa. E é para consertar essa situação que viemos aqui. Como sabe, sua esposa assumiu vários de seus negócios enquanto estava na guerra, e como o senhor a autorizou a agir em seu nome, a aceitamos no nosso seleto grupo, entretanto, todos sabemos que uma mulher não deve tratar de negócios. Por esse motivo, viemos pedir que o senhor assuma a sua cadeira entre nós e permita que a sua esposa possa voltar a seus afazeres domésticos, como é responsabilidade das damas.

— Acredito que os senhores mesmos possam dar essa notícia à minha esposa quando ela for à reunião.

— Na verdade, senhor, a reunião foi ontem — lorde Steffer o corrigiu.

Elijah ficou surpreso e ergueu as sobrancelhas.

— Ela não me informou — assumiu.

— Imaginamos que isso poderia ter acontecido, uma vez que deixamos claro a ela que o senhor deveria estar presente.

Elijah imaginou a esposa sendo expulsa da reunião por aqueles homens, e o sentimento que o tomou naquele momento não foi o de indiferença.

Não se importava de nunca viver maritalmente com sua esposa, entretanto, sabia que ela tinha dado o seu melhor durante todos aqueles anos para construir tudo o que tinha agora, e pensar que a mera presença dele colocasse todos aqueles esforços em xeque o deixou incomodado. Não queria o mal de Alphonsine, ela não merecia nada que estava acontecendo, e se ele pudesse tornar a vida dela mais fácil, o faria.

— Então, como a reunião foi ontem, presumo que minha esposa já sabe que não deve mais assumir o meu posto nas reuniões?

— Sim, milorde.

— E como ela reagiu? — ele perguntou, curioso.

— Bem, o senhor sabe como são as mulheres. Ela ficou um pouco chateada, mas aceitou passar a responsabilidade para o senhor — lorde Derbeshire relatou.

— Foi mesmo? — Elijah duvidou.

— Talvez tenha ficado um pouco mais chateada do que gostaríamos, mas ela é uma mulher, o que deveríamos esperar?

— E o que ela falou? Ou vão me dizer que minha esposa abaixou a cabeça e foi embora?

Elijah não conhecia a esposa, então não sabia qual seria a reação dela àquela situação. E ao ver que os homens se entreolhavam, teve certeza de que sua reação foi tudo menos o esperado para uma mulher na posição dela.

— Espero que possam me contar a verdade, para que eu possa conversar com minha mulher sobre as reações exageradas dela. Isso não deve acontecer nos negócios — Elijah os incentivou a continuar, ao ver que eles pareciam apreensivos em contar o real acontecido.

— Bem, ela se alterou — lorde Derbeshire começou.

— Perdeu completamente a compostura — lorde Rivent completou.

— Ficou histérica e nos ameaçou de retirar o dinheiro de nossos investimentos. Claro que não levamos isso a sério, uma vez que apenas o senhor seria capaz de retirar as ações, mas não queremos ficar indispostos com sua mulher, afinal, ela esteve na frente dos negócios, enquanto o senhor guerreava pelo país e a temos em muita estima.

— Então vieram se desculpar?

— Se isso for preciso para garantir a permanência do senhor em nossa sociedade, estamos dispostos a nos retratar — lorde Derbeshire concordou.

— Entretanto, queremos que fique claro, que não acreditamos que o que fizemos exija um pedido de desculpas — lorde Rivent acrescentou.

Elijah ponderou por alguns momentos.

Pelo que havia entendido, aqueles homens haviam proibido sua esposa de participar da reunião e provavelmente a insultaram a ponto de ela perder a compostura e ameaçá-los.

— Milordes, entendo agora o motivo de terem vindo. Os

senhores têm razão em dizer que ela não tem mais autoridade para agir em meu nome. Afinal, eu já não estou mais na guerra, tampouco preciso que uma mulher fale por mim. Por isso não se preocupem, eu não retirarei as ações que ela acordou em meu nome. E acredito que não precisarão mais se importar com a presença dela em suas reuniões.

— Sempre imaginamos que o senhor seria um homem sensato — lorde Steffer o enalteceu — e agora temos a confirmação de nossos pensamentos.

— Tal pai, tal filho — lorde Derbeshire acrescentou.

Elijah abriu um largo sorriso ao ouvir aquilo.

— Agora que já resolvemos esse problema, espero que não se importem de eu voltar ao trabalho. Afinal, sete anos longe de casa fez com que as responsabilidades apenas se acumulassem.

— É claro, milorde. O aguardaremos na próxima reunião.

O aceno com a cabeça que Elijah deu serviu para confirmar a presença dele nas futuras reuniões e, também, para se despedir dos homens.

Assim que o mordomo acompanhou os três até a saída, Elijah o chamou.

— Zarnett, preciso que mande alguém até o hotel e peça à minha esposa que me envie todas as ações, transações, qualquer coisa que ela tenha feito em meu nome. Precisarei delas.

— Imediatamente, milorde.

♥

Quando o criado de seu marido apareceu no hotel exigindo todos os documentos e ações que ela tinha assinado em seu nome, Alphonsine entendeu que havia perdido a batalha contra os seus sócios, e quando o criado confirmou que o seu marido havia recebido três homens importantes na sua casa naquela tarde, ela soube que era hora de recuar e voltar para o campo com o pouco de dignidade que lhe restava.

Informou ao criado de Elijah que algumas das ações estavam guardadas no cofre do banco e que o conde poderia acessá-las a qualquer momento, quanto a parte que faltava e que estava sob responsabilidade de seu administrador, ela enviaria para ele assim que voltasse para casa.

Entendendo que nenhum lorde a procuraria para encerrar as transações e sentindo-se humilhada por seu marido ter interferido em seus negócios, Alphonsine decidiu que já era hora de abandonar Londres e voltar para o seu lar.

Capítulo 10

Um mês e meio depois...

Alphonsine estava na pequena biblioteca que também servia de escritório para ela, quando a carta chegou. Aquele era o seu lugar preferido da casa e não apenas porque gostava de ler, mas quando estava ali não se sentia sozinha.

Ela passava a maior parte do ano sozinha, principalmente após a morte de seus pais, que eram os únicos que costumavam visitá-la sempre que podiam quando vivos. Alphonsine e seu irmão eram próximos, mas não visitavam um ao outro com frequência, exceto quando estavam passando pelas proximidades e com isso paravam na propriedade um do outro para uma visita rápida.

Era uma dama bem-criada e sabia realizar todas as atividades exigidas a uma dama do seu porte, todavia achava a maioria dessas atividades cansativas e tediosas.

Apesar de haver outras propriedades ao redor de sua casa e ter várias mulheres com as quais poderia conversar, Alphonsine não era muito popular por causa de suas ideias escandalosas e excêntricas. Por esse motivo, não havia muitos convites para eventos em que pudesse socializar. O único evento em que costumava ser bem-recebida eram os realizados pelos camponeses e os quais ela era benfeitora.

Entretanto, sua situação social mudou após a volta de seu marido. Vários convites para chás, soirées, bailes, jantares começaram a chegar, entretanto, preferiu recusar todos, uma vez que o convite incluía o marido.

A lady costumava não se importar com a falta de contatos sociais, estava sempre ocupada com seus negócios, entretanto, nos dias em que ficou afastada deles, por seu marido ter exigido todas as suas ações, sentiu-se perdida, sem saber o que fazer com os seus dias, nem mesmo a leitura conseguiu distraí-la de suas preocupações.

— Milady — o mordomo a chamou, ao notar que ela não havia percebido a presença dele no local. — Chegou um pacote para a senhora.

Alphonsine ergueu a mão pedindo que ele lhe entregasse a encomenda e o mordomo se aproximou. O homem entregou a ela o pacote volumoso e em seguida se retirou.

Era uma correspondência de Londres enviada pelo seu marido. Alphonsine não imaginava o que poderia ser. Abriu o envelope com rapidez, curiosa, e qual foi sua surpresa ao encontrar todas as ações que ela havia enviado há pouco mais de um mês, e junto delas um documento que legitimava a transferência de todas aquelas ações para ela.

Lembrou-se de quando o criado dele a procurou no hotel, informando que lorde Crosbey queria todas as contas. Na época, acreditou que havia feito o pedido para poder cuidar ele mesmo dos negócios dali por diante, mas agora entendia que a intenção de Elijah nunca fora continuar a parceria com os investidores dela.

Sentiu seu coração aquecer com aquele gesto.

Pegaria aquelas ações e faria os homens se arrependerem por terem-na expulsado do grupo. Faria questão de fazê-lo pessoalmente quando retornasse a Londres. Só em imaginar o quão chocados eles ficariam, sorriu.

Guardou os papéis em seu escritório, não precisava se preocupar com eles por enquanto. Sua mente estava focada em novos projetos.

Nas semanas anteriores, havia pensado em investir em projetos próprios. Ela estava vendo a possibilidade de abrir uma pensão, uma pousada ou até um hotel. Sempre havia gostado daquele tipo de investimento.

Como Bath era referência no tratamento de doenças, por causa das águas termais, abrir algum negócio do ramo hoteleiro era um investimento com grande chance de sucesso. Alphonsine sabia que por não ser homem, aquele não seria um projeto fácil de realizar, mas tinha esperanças de que encontraria alguém desesperado o suficiente para ignorar o fato de ela ser mulher.

Entretanto, os projetos ficaram em segundo plano agora que ela havia confirmado a gravidez. Na manhã anterior, enviara uma carta ao seu marido e uma ao seu sogro, para que ambos soubessem do seu estado.

O seu sogro havia respondido sua carta naquela mesma manhã, a convidando para um jantar dali a dois dias, na quinta. Alphonsine sabia que tal convite era apenas um subterfúgio para ele descobrir se a gravidez era real ou não, mas ela iria mesmo assim, pois queria confirmar que ele não tentaria mais anular o casamento.

Quanto ao seu marido, não sabia exatamente o que esperar. Lorde Crosbey provavelmente receberia a carta antes do almoço e, certamente, a acusaria de traição, primeiro por achar que ela dormiu com outro homem e depois, ao saber a verdade, por acreditar que ela o enganou para conceber um filho.

Ela ainda tinha esperanças de que ele fizesse apenas o que dissera na carta e assumisse o filho sem a necessidade de procurá-la pessoalmente, mas sabia que aquela possibilidade era quase inexistente. E quanto antes se preparasse para o pior, melhor seria para ela.

♥

Naquela noite, em Londres...

Elijah estava irritado em seu escritório. Há um mês e meio procurava a mulher que roubara o seu relógio. Ela simplesmente havia sumido como um fantasma e ninguém sabia de seu paradeiro. Se não fosse o roubo do objeto, Elijah poderia simplesmente acreditar que as duas noites que esteve com ela não passaram de um delírio momentâneo.

Sentia-se frustrado e a única coisa que o fez se sentir melhor foi receber as ações enviadas por sua esposa e passar, todas, para o nome dela. Havia enviado a correspondência há dois dias, e imaginava que Alphonsine ficaria feliz quando recebesse. Ele só queria estar na reunião quando ela informasse aos seus sócios o que havia acontecido. Seria uma bela vingança.

Se ela não ansiasse tanto um casamento de verdade, talvez eles pudessem ser amigos. Aquela ideia estava rodeando sua mente desde o dia em que lorde Derbeshire esteve em sua casa. A necessidade de proteger lady Crosbey daqueles homens havia brotado de forma tão natural, que ele nem mesmo havia notado ter feito aquilo, até que se viu transferindo as ações para sua esposa e ficando feliz com sua atitude.

Eles não precisavam se evitar o tempo inteiro. Podiam viver como amigos, sem serem marido e mulher, ter uma boa convivência. Eles até poderiam ser sócios em algum empreendimento. Seria divertido.

Ele ficaria mais do que feliz em ter uma vida normal se não fosse a sua vingança contra o pai. Não podia se redimir ainda, quando o pai morresse sim, mas até lá, tinha que continuar sendo o motivo de vergonha, desgraça e desgosto para a família.

O mordomo bateu à porta de seu escritório. Após receber permissão para entrar, Zarnett entregou-lhe uma carta de sua esposa.

A sua esposa havia enviado uma carta no mesmo dia que ele. Sorriu com a coincidência e rompeu o selo.

Assim que leu o que estava escrito, seu sorriso murchou. Seus olhos não acreditaram no que estava lendo.

Releu a carta para se certificar de que não havia nenhum engano, mas não havia como ter se confundido, com tão poucas palavras no papel.

"Estou grávida. Espero que cumpra o que me prometeu."

Sentiu a raiva lhe tomar. Eles eram casados. Ela lhe devia fidelidade. Entretanto, conteve sua raiva ao se lembrar das duas noites que esteve ao lado da mulher misteriosa e, também, de ter proposto a ela que fosse amante dele. Ele não tinha o direito de julgá-la, não quando havia cometido o mesmo pecado que ela.

Elijah amassou a carta e a jogou no meio do escritório, frustrado ao saber que sua esposa estava carregando um bastardo e que a culpa era unicamente sua. Ele a tinha induzido a cometer aquele erro.

Quando respondeu a carta dela, dando sua benção para que ela tivesse um amante, nunca imaginou que ela realmente o obedeceria e procuraria um e, muito menos, que o fizesse tão rapidamente.

Se ele não a tivesse relegado ao campo, se ao menos tivesse aceitado as tentativas dela de encontrá-lo, se ele não estivesse tão preocupado em fazer o seu pai sofrer, nada daquilo teria acontecido.

Pelo menos, uma coisa ele conseguiria com aquela traição. Seu pai ficaria furioso e completamente injuriado quando soubesse que o condado seria herdado por um bastardo.

Aquilo serviria perfeitamente como sua vingança.

Capítulo 11

Dois dias depois...

Alphonsine seguia para a propriedade de seu sogro, inquieta. Sua criada fazia o possível para distraí-la, mas seu humor não estava agradável desde que acordou.

A gravidez estava alterando não somente o seu humor como também o seu apetite. Havia passado mal durante a manhã inteira, e apenas próximo ao almoço conseguiu acalmar seu estômago.

Alphonsine escorou sua cabeça próximo à janela da carruagem. Olhar a paisagem a acalmou um pouco, até o momento em que viu Hill Castle aparecer após uma curva e a toda a preocupação com o jantar voltar à tona.

Sabia que o conde era um homem rigoroso, e que sempre exigia a perfeição, e por isso havia posto o seu melhor vestido para aquele jantar. Apesar de ser oficialmente da família há sete anos, aquela era a primeira vez que jantaria com o sogro no castelo dele.

O conde não costumava participar da vida dela. As poucas

vezes que o vira, havia sido apenas quando sua presença era considerada um dever. Como no sepultamento dos pais dela. Qualquer outra situação diferente daquela era prontamente ignorada por ele.

A carruagem parou em frente ao castelo de lorde Hawkish e Alphonsine desceu com Mirtes.

O conde já a esperava na entrada do castelo e ela se dirigiu até onde ele estava.

— Lorde Hawkish — saudou-o, fazendo uma reverência.

— Lady Crosbey, bem-vinda. Espero que a viagem não a tenha cansado, ainda mais no seu atual estado.

— Agradeço a preocupação, estou bem.

— Fico feliz em saber. — O homem sorriu e em seguida estendeu o braço para que ela o acompanhasse. — Permita-me?

Alphonsine agradeceu o gesto e segurou o braço dele, subiram as escadas do hall e entraram.

Seguiram imediatamente para a sala de jantar. Como seria apenas para os dois, não precisava de cerimônia para que o jantar fosse posto na mesa.

Alphonsine sentou-se em uma ponta da mesa que estava repleta dos mais diversos pratos, e o sogro sentou-se na outra.

Assim que ambos se acomodaram, o conde ordenou que o jantar fosse servido.

Comeram alguns minutos em total silêncio, até que o conde se pronunciou:

— Estou interessado em saber como conseguiu fazer com que o meu filho desistisse da ideia tola de um casamento falso.

Alphonsine engoliu seco. Apesar de saber que em algum momento suas ações fossem reveladas, não queria que o conde fosse o primeiro a descobrir.

— Lorde Elijah e eu estávamos trocando cartas desde a partida dele para a guerra. Quando ele voltou, eu fui a Londres procurá-lo e acabamos por nos entender.

— Está querendo dizer, então, que vocês agora terão um casamento como todos os outros?

— Percebemos que nos entendemos melhor através de cartas,

entretanto, é possível que algumas mudanças aconteçam pelo bem da criança que carrego.

— Em outras palavras, manterão um casamento de fachada.

— Não é um casamento de fachada, milorde, muitos outros nobres enviam suas esposas para o campo após o nascimento do herdeiro, e vivem da mesma forma que eu e seu filho pretendemos viver. Separadamente.

— Isso quando já se tem um herdeiro garantido.

— Não precisa se preocupar quanto a essa situação, caso seja uma menina, conversarei com o meu marido e tentaremos novamente — mentiu. Alphonsine sabia que aquela era a sua única chance de ter um filho de seu marido, pois certamente ele não a perdoaria pelo que fez. — Acredito que a minha gravidez invalide a sua busca pela nulidade.

— Sim, de fato — o conde respondeu, enquanto cortava para si um pedaço de faisão assado.

A falta de emoção do homem ao concordar com o fracasso da missão dele chamou a atenção de Alphonsine.

— O senhor não parece aborrecido com isso. Não era do seu desejo fazer as pazes com seu filho?

— Há diversos outros meios menos escandalosos para isso. Não preciso da nulidade, ainda mais agora.

A trivialidade na voz do homem fez com que Alphonsine desconfiasse de que tudo não passara de um plano daquele homem.

— O senhor não tinha a intenção de anular o casamento, tinha?

— Não — o homem respondeu, sem tirar os olhos de seu prato.

— O senhor usou a nulidade como motivação para que eu procurasse o seu filho.

— Você é realmente uma moça inteligente — o conde a elogiou. — A ideia de vocês não terem um casamento real era inaceitável. E você sempre me pareceu uma mulher inteligente, eu sabia que veria uma gravidez como forma de evitar a anulação, exatamente como eu havia planejado.

— Então eu não fui nada além de uma marionete em suas mãos.

— Não precisa se ofender. A escolhi porque era mais sensata do que o meu filho.

Alphonsine estava furiosa. Tudo o que tinha acontecido não passava de uma armadilha do conde para que ela e lorde Crosbey ficassem juntos, e ela havia caído feito uma tola.

Deveria ter imaginado que aquele homem não era capaz de causar um escândalo e relegar sua família ao ostracismo, apenas para fazer as pazes com o filho. Um homem orgulhoso como aquele não aceitava nenhum tipo de humilhação.

Entretanto, Alphonsine não era uma mulher que aceitava ser manipulada, e mostraria aquilo ao conde.

— Já que estamos sendo sinceros um com o outro, então eu devo contar ao senhor a verdade também — Alphonsine começou e ficou satisfeita quando o conde parou a colher na metade do caminho e finalmente prestou atenção nela. — Seu filho se recusou a me ver. Eu tentei convencê-lo de todas as formas a tornar o nosso casamento real, mas ele foi irredutível, mesmo com minha ameaça de encontrar um amante. Eu escrevi isso para ele, sabe. Informando que eu arrumaria um amante. Surpreendi-me quando ele me deu sua benção e a promessa de que assumiria o filho de outro homem.

O conde agora estava vermelho, e Alphonsine estava esperando o momento que ele explodiria furioso e a mandaria embora.

E assim foi.

— Saia. Agora!

Alphonsine se levantou da mesa, ainda não contaria a verdade sobre o pai da criança, deixaria o conde furioso por mais alguns dias, ele merecia aquilo por tê-la manipulado.

Após fazer uma reverência, se retirou.

Estava quase chegando ao corredor principal, quando esbarrou em um homem alto e forte e seu coração quase parou quando o reconheceu.

Seu marido estava ali.

Capítulo 12

Elijah havia viajado para dar pessoalmente a notícia ao seu pai. Queria estar presente quando ele soubesse que o herdeiro do condado seria um bastardo. Até conseguiu sorrir ao imaginar a cena que causaria.

Retirou do bolso um relógio novo, havia comprado quando percebeu que jamais encontraria o anterior, e percebeu que chegaria a Hill Castle no meio do jantar, se continuassem naquele ritmo.

Ainda ficava chateado ao pensar na sua esposa dormindo com outro homem e lhe irritava profundamente ter de assumir um bastardo, mas havia dado sua palavra a ela quanto àquele assunto e não voltaria atrás, ainda mais porque ele praticamente a entregara a outro homem quando se recusou a manter o casamento.

Havia pensado naquilo desde que soubera da gravidez e já tinha planejado o que faria. Assumiria a criança e viveriam exatamente como estavam vivendo, longe um do outro. Um casamento real não era mais uma possibilidade, não depois de saber do amante dela, aquilo ainda lhe deixava irritado só em pensar. Não era hipócrita a ponto de impedir sua esposa de continuar com o amante, já que ele se lembrava de ter oferecido o cargo de amante para a mulher que roubou o seu relógio, mas se recusava a assumir outros filhos além daquele que prometeu.

O castelo de seu pai ficou visível e ele ficou ansioso para o momento que se aproximava. Resolveria primeiro com o seu pai, e só então iria até sua esposa para que pudessem ter uma conversa sobre o futuro. Estava cansado de cartas.

A carruagem parou na frente do castelo e Elijah desceu. Bateu no portão e esperou que o mordomo abrisse para ele. Estava com pressa, então assim que Preston abriu a porta, ele entrou sem ao menos cumprimentar o homem.

Ao atravessar o corredor e virar na direção da sala de estar, esbarrou em uma mulher e quase a derrubou.

— Perd... você! O que faz aqui? — Elijah abriu os olhos em pratos ao reconhecer a mulher que havia lhe roubado o relógio. — Não importa. Temos muito que conversar, e sugiro que não saia daqui. Resolverei primeiro o assunto de meu pai, e depois cuido de você. — E virando-se para o mordomo que o acompanhava, ordenou: — Preston, não a deixe sair, eu volto em alguns minutos.

Reorganizou os seus pensamentos para não pensar na mulher que deixara sob guarda do mordomo e seguiu para o salão de jantar.

Ao ver seu pai, abriu um sorriso maldoso e o saudou:

— Olá, papai. O filho pródigo à casa torna.

— Elijah? — O conde ficou surpreso.

— Eu tenho uma novidade para contar ao senhor, e não poderia deixar de fazê-lo pessoalmente. O senhor será avô. Minha esposa está grávida... de outro homem, mas isso é irrelevante pois eu assumirei a criança como minha. Então, surpresa!

— Você acha isso divertido? É um tolo se acha que permitirei que assuma um bastardo. Vocês dois vão se divorciar antes que essa criança nasça. Não perdoarei nenhum adultério e menos ainda um bastardo.

— Não cabe ao senhor perdoar ou não o que fez minha esposa. E quanto ao divórcio, apenas eu posso dar entrada no processo junto ao parlamento, e acredite, eu não estou nenhum pouco inclinado a fazê-lo. Ainda mais agora que sei o quanto o senhor quer isso.

— Você perdeu o juízo? Agora foi longe demais com sua vingança estúpida. Sua mãe não iria querer isso.

— Não ouse falar na minha mãe, seu monstro. Ela está morta por sua causa. Você a matou.

— Você não sabe de nada! Eu não matei sua mãe.

— Ela fugiu por culpa de seus padrões de perfeição impossíveis de serem alcançados. Ela cometeu um erro e você a renegou. — Elijah caminhou furioso na direção do pai. — A colocou naquela carruagem, sabendo que uma tempestade viria e que os eixos não aguentariam. Eu mesmo o havia informado que a carruagem precisava de conserto, então não ouse dizer que não a matou. Porque nós dois sabemos que sim.

— Cresça, Elijah, você não é mais uma criança, então pare de agir como uma. Culpe-me, se quiser, mas não estrague sua vida assumindo um filho que não é seu apenas para me atingir.

— Eu já tomei minha decisão. Assumirei o filho, e não há nada que o senhor possa fazer para me dissuadir. Agora, se me der licença, tenho muito a conversar com a mulher lá fora.

— Não sei como suporta olhar para ela, ou mesmo conversar. Eu já a teria expulsado. Eu a convidei para jantar antes de saber a verdade. Se eu soubesse que ela seria tão traiçoeira, eu não a teria ameaçado com a nulidade.

— Ameaçado com a nulidade? — Elijah ficou confuso. *Do que seu pai estava falando? Por que ele ameaçaria a ladra com a nulidade?*

— Ora, ora, ela não te contou... Não faz mal, eu conto, quem sabe assim você cria juízo e esquece essa ideia estúpida de aceitar um bastardo. — O conde se sentou na cadeira e cruzou os dedos em cima da mesa. — Vocês não iriam ter um casamento real nem filhos. Alguém tinha que fazer algo. Eu jamais imaginaria que sua esposa seria capaz de arrumar um amante apenas para evitar a nulidade com uma gravidez.

— Do que está falando? O que minha esposa tem a ver com a mulher lá fora?

— Como o quê? Ela é a mulher lá fora.

Elijah foi pego de surpresa com aquela resposta, e ele não soube o que pensar, apenas necessitava urgentemente sair dali e ir até a mulher.

Sem se importar com o respeito ou as regras, deu as costas para o seu pai e deixou a sala.

♥

Alphonsine tentou sair assim que esbarrou com Elijah, era apenas uma questão de tempo até que ele descobrisse que ela era a mulher que o seduzira.

O objeto começou a pesar em seu bolso interno. Desde que o roubou, ela nunca mais o deixou fora de seu alcance e até tinha virado rotina olhar as horas através dele.

Entretanto, o seu marido não ficaria feliz quando soubesse a verdade, e tudo o que ela não queria naquele lugar, era ter a conversa que provavelmente decidiria o seu futuro e, muito menos, com espectadores para presenciar sua exposição.

Precisaria ir embora antes que lorde Crosbey voltasse, mas para isso, teria que fazer com que o mordomo parasse de observá-la por alguns minutos até ela alcançar a carruagem.

— Sr. Preston, já que temos que esperar o meu marido voltar, eu gostaria de o fazer sentada. Se importa de irmos para a sala de espera?

— Lorde Crosbey não demorará, milady, é melhor que estejamos aqui quando ele retornar.

— Eu entendo, mas você não quer que eu fique cansada, não é bom para o bebê.

— Bebê? — o mordomo perguntou, surpreso.

— Oh, é verdade, quem serviu o jantar hoje foi o primeiro lacaio, então o senhor não poderia saber.

— Não, milady, eu não sabia, neste caso acredito que podemos ir para a sala de visitas.

Alphonsine já imaginou que até o dia seguinte toda a criadagem saberia o que ela dissera na mesa do jantar, então para evitar que a conversa se espalhasse demais, decidiu que precisava de um portador da verdade em meio a tanta mentira.

— Acredito que quando os criados forem jantar, a notícia da minha gravidez seja pauta de suas conversas, e a história de que carrego o filho de outro seja comentada. A verdade, Preston, é que eu menti. O filho é realmente de lorde Crosbey, mas eu precisei mentir para lorde Hawkish para que ele não ousasse mais me manipular, como fez ao ameaçar a nulidade de meu casamento. Eu não sou uma adúltera, isso eu garanto.

— É claro, milady — o mordomo apenas concordou, como se Alphonsine tivesse comentado algo tão trivial quanto o clima. Todavia.

Alphonsine sabia que mais tarde as duas versões seriam debatidas na mesa da criadagem.

Assim que o mordomo virou de costas para ela, seguindo na direção da sala de espera, Alphonsine deu as costas a ele e correu, ouviu passos atrás dela e se apressou, chegou até a porta e girou a maçaneta, tentando abri-la, mas uma mão forte a manteve fechada.

— Não fugirá de mim, novamente, lady Crosbey.

Capítulo 13

Alphonsine gelou ao ouvir a voz de seu marido atrás de si. Era ele quem a impedia de fugir.

— Eu não terei esta conversa aqui no corredor — Alphonsine comentou, antes que ele começasse a falar. Olhou ao redor e viu que o criado se aproximava. — Preston, por favor, avise à minha criada e ao cocheiro que se preparem para voltar para casa, estarei com eles em breve.

O mordomo concordou e deixou o casal a sós.

— Venha. — Elijah a segurou pelo braço e a guiou até o segundo andar onde ficava o seu antigo quarto. Ali teriam um pouco mais de privacidade.

Assim que entrou, ele a soltou. Elijah respirou fundo e passou os dedos pelo cabelo.

— Imagine minha surpresa ao descobrir a verdade. Você me enganou perfeitamente, lady Crosbey.

Alphonsine suspirou pesadamente e se direcionou para a cama onde se apoiou.

— Nunca foi minha intenção enganá-lo.

— Ainda assim o fez.

— Eu sei.

Elijah semicerrou os olhos para ela.

— Eu sei? É tudo que vai dizer? Nenhum pedido de desculpas? — o homem perguntou, exasperado. — Você nem mesmo se arrepende do que fez?

— E pelo que eu devo pedir desculpas ou me arrepender, milorde? Por seduzir o meu marido? Por engravidar dele? Por tentar evitar que o nosso casamento fosse anulado?

— Poderia começar se desculpando por mentir para mim.

— Eu nunca menti para você — Alphonsine se defendeu.

— Você deixou que eu acreditasse que você era uma prostituta e que minha esposa estava grávida de outro homem. — Elijah apontou o dedo para sua esposa. — Isso para mim é mentir.

— Eu nunca disse que era uma prostituta, tampouco disse na carta que o filho não lhe pertencia. — Alphonsine ergueu a cabeça, não se deixando intimidar com o dedo em riste do marido.

Elijah se afastou dela, tentando controlar sua irritação. Ele tinha o direito de estar furioso com ela. Sua esposa teve inúmeras chances de expor a verdade e, ainda assim, preferiu continuar mentindo.

— Mas você escolheu me deixar no escuro. Deve ter sido divertido para você me fazer de tolo.

— Eu mal conseguia me conter de tanta diversão — Alphonsine foi sarcástica. — Não há nada mais divertido do que ir à procura do meu marido, e encontrá-lo com outra mulher no bar, e ainda ser confundida com uma prostituta. Obviamente eu estava gargalhando, mas o senhor estava muito ocupado, me *fodendo* como se eu fosse uma puta, para perceber o meu bom humor.

Elijah perdeu a compostura ao ouvir tais palavras da boca de sua esposa. Nunca ouvira uma mulher mencionar o ato sexual de forma tão banal, ou de qualquer outra forma.

— Eu jamais teria encostado um dedo em você se soubesse quem era. Você poderia ter se revelado. Poderia ter dito quem era naquele maldito bar.

— Eu sei que não me tocaria. Deus o livre de tocar em sua

esposa e a levar para sua cama. — Ela riu, amarga. — Exatamente por isso eu não me revelei. Curiosamente, como uma prostituta eu consegui ter o que, como esposa, você insistia em me negar. Então me diga, lorde Crosbey, o que eu ganharia ao me revelar, além do seu desprezo e negação? — Ao ver que o marido não respondia, Alphonsine fez questão de dizer o que ele faria: — Você teria me mandado embora e me obrigado a viver como uma viúva, enquanto você vivia uma vida de solteiro.

— Eu não estava vivendo uma vida de solteiro.

— Não? Porque, pelo que sei, também não estava vivendo uma vida de casado. Você nem mesmo se lembrava do meu rosto, lorde Crosbey. Estamos casados há sete anos e nos vimos apenas duas vezes desde que voltou da guerra e nessas duas vezes, antes desta noite, você não me reconheceu. Se você, alguma vez, tivesse agido como um marido de verdade, em vez de ter me abandonado, nada disso teria acontecido. Tudo o que eu fiz foi para garantir o meu futuro, já que você não iria garanti-lo para mim. Seu pai deixou bastante claro em suas ameaças o que aconteceria comigo após a anulação.

Elijah ficou alguns segundos em silêncio. Apesar de estar furioso, conseguia ver os fatos que ela lhe apresentava com clareza, e isso o impedia de encontrar argumentos para rebatê-la.

— Você foi tola em acreditar nas ameaças sem cabimento do meu pai. Ele jamais iria fazer algo que o envergonhasse ou o relegasse ao ostracismo social.

— Como eu poderia saber que tudo não passava de maquinação do seu pai? Claro que, para você é fácil enxergar isso com clareza, afinal, o conhece desde que nasceu, mas o que esperava que eu fizesse quando ele ameaçava a vida que eu construí? Nós nem mesmo tínhamos um casamento real e era a minha vida que estava em jogo.

— Nada disso justifica seu plano ardiloso de me enganar.

Alphonsine perdeu a compostura. Ele insistia em querer colocar nela a culpa pelos seus erros. Ela não aceitaria nada daquilo.

— O que não tem justificativa é o descaso e a falta de respeito que teve por mim durante todos esses anos. Eu nunca fiz nada para você e ainda assim eu paguei o preço por todas as suas escolhas.

— Agora a culpa é minha? — Elijah semicerrou os olhos, indignado que ela não entendesse o lado dele naquela situação.

— Foram suas escolhas que me levaram a isso, lorde Crosbey.

— Eu nunca lhe obriguei a nada — Elijah respondeu, com a voz baixa.

— Mas as ameaças do seu pai, sim.

— Se tivesse sido sincera sobre isso também, eu teria me certificado de tornar a ameaça dele insignificante.

— Você sempre deixou claro que não estava interessado neste casamento, e o seu pai estava disposto a lhe dar uma saída. O que espera que eu imaginasse que você faria ao descobrir a intenção de lorde Hawkish? Você teria aceitado a anulação.

— Não, eu não teria. Será que esqueceu as coisas que fiz por você? Em nenhum momento eu pensei em desfazer o nosso casamento.

Alphonsine suspirou. Ela se lembrava de tudo e por isso respirou fundo. Odiava que estivessem discutindo.

— Não, não esqueci. Foi por estar grata pelo que fez, que eu o procurei naquele clube. Eu queria apenas lhe agradecer. Eu podia não entender o motivo de não querer um casamento comigo, mas eu respeitava sua decisão. Nunca foi minha intenção seduzi-lo ou o enganar.

Elijah se sentia traído e no fundo sabia que apenas podia culpar a si mesmo pelo seu infortúnio, e talvez o seu pai. Porque, afinal, se o homem não tivesse se intrometido em seu casamento, sua mulher não teria sentido necessidade de ir a Londres para seduzi-lo.

— Eu só não queria dar um herdeiro para o meu pai, por isso a evitei durante esses anos, sabia que se tivesse um casamento real, filhos seriam só uma questão de tempo. Mas mesmo eu tentando evitar tudo isso, aqui estamos nós. — Elijah sorriu, amargo. — Sabe o pior nisso tudo? Eu realmente estava conformado e até satisfeito em assumir um bastardo. Ele seria a vingança perfeita para o meu pai. Eu até preferia que não fosse meu, mas agora ele conseguiu o que queria: um neto legítimo para dar continuidade a linhagem Hawkish. E eu não consigo perdoá-la por ter dado a ele essa vitória.

Alphonsine colocou a mão sobre a barriga como se tentasse protegê-la daquele homem.

— Vingança? É isso que essa criança era para você? Este bebê não fará parte de sua briga infantil com o seu pai. E se você pretende continuar vivendo em função dessa *vingança* estúpida, então se mantenha longe de mim e do meu filho.

Dizendo isso, Alphonsine se direcionou para a porta e saiu, deixando o seu marido sozinho no quarto.

♥

Elijah permaneceu parado e deixou sua mulher ir embora. Ele tinha sido sincero quanto a sua última frase, porém, sabia que havia sido grosseiro e indelicado durante toda a conversa que teve com ela.

A discussão foi motivada pela humilhação que sentiu ao descobrir que fora enganado por sua esposa. E por isso queria que ela se sentisse culpada por enganá-lo.

Quando percebeu que a consciência de sua esposa não pesava diante das ações que teve para com ele, apelou para o insulto. Estava ferido e queria ferir.

Entretanto, ao ficar sozinho naquela casa sem ninguém além de si mesmo para culpar, percebeu que ela não tinha agido com más intenções, apenas havia tomado atitudes desesperadas para evitar que o casamento fosse anulado.

Elijah preferia que ela o tivesse informado sobre as ameaças do pai. Ele a teria assegurado que não precisava se preocupar com nada, pois não permitiria que o casamento fosse desfeito. Mas a falta de confiança dela nele também tinha sido resultado da forma como a tratou.

Se ele não estivesse tão cego pelo ódio... Teria mantido um casamento real, teria sido feliz com ela, e consequentemente, não estariam passando por aquela complicação.

Elijah foi tirado de seus pensamentos quando ouviu batidas na porta do quarto.

— Milorde, seu pai o aguarda em seu escritório.

— Obrigado, Preston.

Elijah acompanhou o mordomo e foi se encontrar novamente com o pai. A discussão deles havia sido interrompida com a revelação da verdade sobre lady Crosbey, e ao que parecia lorde Hawkish não estava disposto a deixar a conversa pela metade.

Assim que entrou e o mordomo fechou a porta para deixá-los a sós, Elijah disse, seco:

— Diga logo tudo o que tem para dizer, para que eu possa ir.

O conde suspirou, estava cansado da teimosia e insubordinação de seu filho.

— Você sempre foi muito devoto a ela. Sua mãe se envergonharia de você.

— Não, nós não vamos falar da minha mãe.

— Sim, nós vamos, porque você está estragando a sua vida por causa de uma mentira.

— Nada do que você diga vai trazer minha mãe de volta e muito menos me fazer odiar menos você.

— Você precisa saber que eu não tive culpa. Está na hora de saber a verdade.

— Que verdade?

— Sua mãe está viva.

Elijah sentiu as pernas falharem.

— O senhor está mentindo.

O conde de Hawkish se levantou e pegou alguns papéis em cima da escrivaninha, andou na direção de Elijah e entregou-os a ele.

— É uma carta. De sua mãe. E um endereço.

Elijah sentiu a carta pesar em suas mãos.

— Se isso é verdade, por que não me entregou antes? Minha mãe está morta há nove anos e apenas agora o senhor está tentando esclarecer a morte dela. Por que não fez isso antes?

— O tempo era importante. Ela me pediu para lhe entregar

isso quando o seu luto passasse e você voltasse a ser o Elijah de sempre. Mas você nunca abandonou o luto. Nem mesmo agora.

— Alguém tinha que ficar de luto, já que o senhor agiu como se nada tivesse acontecido com ela — Elijah alfinetou.

— Há muitas coisas que você desconhece, meu filho. Mas eu não sou o monstro que acredita. Tenho meus erros, mas a sua mãe não foi um deles. Agora saia, estou cansado desse seu olhar acusador.

♥

Elijah saiu do castelo, sua carruagem ainda estava do lado de fora, ele pediu que seu cocheiro o levasse para a estalagem mais próxima, não queria continuar sob o mesmo teto que o seu pai. As palavras do conde haviam lhe causado uma desconfiança e ele não queria acreditar na inocência dele.

A carta em suas mãos parecia emanar calor como se tentasse chamar a atenção dele. Olhou primeiro o endereço e reconheceu a letra de sua mãe.

Estava curioso e seu coração palpitava ansioso e amedrontado em ler as últimas palavras que a sua mãe escreveu para ele.

Acariciou o papel como se conseguisse alcançar sua mãe através dele. Rompeu o selo com gentileza e abriu a carta.

Era uma despedida.

As lágrimas se acumularam em seus olhos, enquanto lia as palavras deixadas por sua mãe.

"Querido Elijah,

Estou escrevendo para explicar os motivos de minha partida, com o coração esperançoso que um dia possa entender e me perdoar por não me despedir.

Para compreender melhor, é preciso que você saiba que o meu casamento e o do seu pai foi apenas um acordo, não havia e nunca houve sentimentos entre nós, e por não ter ninguém em meu coração, ele sempre foi livre para amar.

Eu não esperava um dia me apaixonar, mas aconteceu e eu me vi completamente aprisionada, sem poder viver esse amor. Durante anos, eu menti para mim mesma, para você e para seu pai, tentando em vão negar o amor que sentia, porque vocês precisavam de mim, você era apenas uma criança e eu jamais seria capaz de abandonar minha família, mas quanto mais eu negava, mais eu me sentia sufocar.

Entretanto, você cresceu e se tornou um homem gentil e corajoso, que buscava os seus sonhos e estava completamente apaixonado pela sua noiva. Vê-lo assim tão feliz com seu amor juvenil, me fez desejar ter a mesma felicidade. E foi aí que eu caí.

Eu traí seu pai, e não me orgulho de tê-lo feito, mas não consegui resistir ao desejo de sentir a fagulha da felicidade que é compartilhar pequenos momentos com quem se ama.

Contudo, o momento de felicidade logo se mostrou insustentável, ainda mais quando as minhas ações logo se tornariam visíveis para o seu pai. Eu havia ficado grávida do amor da minha vida. E ele saberia que a criança não era dele.

Seu pai jamais aceitaria assumir o filho que eu carregava e eu não suportaria o escândalo que meu erro atrairia sobre vocês. Então decidi fugir, mas o seu pai descobriu os meus planos e, para a minha surpresa, ele me ofereceu algo que eu jamais esperaria de alguém como ele.

Antes que pense, não foi o divórcio. Seu pai não queria nenhum escândalo sobre a família e nem que eu fosse malvista pela sociedade.

Ele me ofereceu algo que me permitisse recomeçar a vida, sem me preocupar com quem eu era ou com o que diriam sobre mim.

E assim decidimos que forjaríamos a minha morte.

A carruagem que estava fraca cederia e tombaria com a tempestade e ele informaria a todos que eu morri naquele dia.

Acredito que meu velório seria realizado com um caixão fechado e cheio de pedras. Seu pai diria que o acidente foi tão violento que meu corpo estava ferido demais para ser visto por todos.

Queria que você soubesse de tudo para não sofrer por minha morte, mas infelizmente, a sua tristeza é o que convencerá a todos que já não estou mais no mundo dos vivos. Você é o meu menino e o meu eterno amor. Meu único arrependimento é não poder esconder você embaixo de minhas saias e o roubar para mim. Me parte o coração imaginar o sofrimento que lhe causarei, mas espero que consiga se confortar. Creio que com a ajuda de sua noiva será mais fácil, afinal, diferente do meu casamento, o de vocês, apesar de arranjado, terá muito amor.

Partirei esta noite. Hugh e eu começaremos uma vida nova bem longe de todos que conhecemos, na esperança de finalmente sermos felizes. Mas saiba que você será sempre o meu menino e o motivo das minhas lágrimas de saudade.

E quando finalmente a hora chegar e você estiver pronto para ler esta carta, se achar que pode me perdoar pelo seu sofrimento, eu o aguardarei em minha nova vida."

Elijah estava em lágrimas após ler a carta, mas pela primeira vez depois de muitos anos, elas não eram de tristeza e sim de felicidade.

Sua mãe estava viva em algum lugar. Rapidamente, releu o endereço. Sua mãe estava viva, morando em Kilkenny.

Então caiu em si e percebeu que aquilo mudava tudo.

Capítulo 14

Alphonsine estava furiosa. Era tarde da noite quando ela chegou em casa e a agitação havia tirado o seu sono. Seu marido era um tolo e ela o odiava com todas as forças. Elijah não merecia a sua compreensão ou que ela se importasse com ele. Tudo o que ele pensava era em vingança e não estava mais disposta a ignorar aquilo.

Por estar extremamente irritada, seguiu para a cozinha, que já estava silenciosa, e procurou algum biscoito para tentar diminuir a frustração. Encontrou um pote cheio deles e o levou para o escritório. Tentaria não comer tudo naquela noite, mas não poderia garantir, estava muito irritada para não querer descontar aquela raiva mastigando algo.

Depois do sétimo biscoito, a raiva se transformou em tristeza. *Quando a vida dela havia se tornado tão confusa?* Nada estava seguindo conforme o planejado.

Olhou a mesa e viu nela as contas que havia deixado em aberto daquela semana, ao lado do livro de contabilidade, estavam as pesquisas que fizera sobre a rede hoteleira londrina. Havia algumas redes de luxo, entre elas, a do antigo sócio, Thomas Grantfell, mas a maioria eram pousadas e estalagens de beira de estrada. Ela inicialmente havia pensado em algo simples, mas seria muito fácil deixar Grantfell monopolizar as redes de luxo de hotéis. Ele bem que merecia uma concorrente à altura, e ela tinha dinheiro e vontade o suficiente para o colocar em xeque. Lembrou-se então das ações que Elijah havia colocado no nome dela e decidiu conferir.

Abriu a gaveta onde as tinha guardado e olhou uma a uma. Havia ações com todos os membros do grupo. A maioria dava a ela parte dos lucros e dos investimentos, mas o interesse dela em receber os valores em questão havia se tornado mínimo.

A lembrança da forma que a trataram na última reunião encheu sua mente. E o desejo de fazê-los pagar por aquela humilhação a tomou e uma ideia surgiu.

Ela não queria ter parte com nenhum deles.

Momentaneamente esquecida da briga com o seu marido, com o pote de biscoitos pela metade, e animada com o plano para retribuir a humilhação que havia recebido de seus antigos sócios, Alphonsine decidiu ir para o quarto.

Na manhã seguinte partiria para Londres.

♥

Em Londres, Alphonsine se hospedou em outro hotel, ainda perto do Grant's, mas na concorrência. Não daria mais nenhum centavo seu para aqueles homens que a trataram tão mal.

Encontrar os concorrentes de seus sócios não foi difícil. Ao informar que estava com ações que queria vender, o fato de ser mulher foi completamente esquecido e eles aceitaram se encontrar com ela.

Vendeu por um bom preço cada uma das ações que possuía. Os homens sempre faziam as mesmas perguntas: como ela conseguira as ações, se o marido dela aprovava a venda e por que queria vendê-las.

Ela respondeu a todos com sinceridade. Não havia motivos

para mentir. A verdade era suficiente para convencê-los a comprar.

Após ter vendido a última ação, ela decidiu comemorar, indo à inauguração de uma nova sorveteria e cafeteria em Mayfair, a Cup & Cake. Alphonsine sabia que seus antigos sócios estariam lá, e seria interessante presenciar a reação deles quando soubessem o que ela fizera com as ações.

— Você já provou sorvete, Mirtes? — ela perguntou à sua criada e se divertiu com o espanto dela.

— Não, milady — a mulher respondeu, um pouco envergonhada.

— Perfeito. Não é minha sobremesa preferida, mas é bastante saborosa. Você irá gostar. Vamos, já deve estar aberto a essa hora.

Pegou sua carruagem e seguiu com a criada para a nova sorveteria londrina. Ela pertencia a um alemão que havia trabalhado no Pot & Pine Apple e decidira abrir o próprio negócio, após ser mandado embora pelo Mrs. Negri. Pelo menos, era essa a história que circulava nos jornais londrinos e, por isso, todos estavam alvoroçados para a inauguração.

Ao chegar ao local, Alphonsine desceu da carruagem e se dirigiu ao recinto que já estava apinhado de pessoas, algumas já provando os produtos servidos pela Cup & Cake.

A lady se aproximou do balcão e pediu uma das especialidades da casa, o bolo com sorvete de chocolate, para ela e para sua criada.

Quando recebeu a sobremesa, seguiram para fora do estabelecimento, e ficou bem à vista de quem quer que passasse por ali, sua intenção era ser vista por um grupo específico.

Não demorou muito e seus antigos sócios a notaram.

— Lady Crosbey — saudou o Sr. Grantfell ao encontrá-la e os outros o imitaram ao fazer uma reverência. — Que bom vê-la aqui.

Ela saudou a cada um adequadamente e fingiu estar surpresa ao encontrá-los ali.

— Milordes, que surpresa agradável.

— Eu diria, oportuno — lorde Rivent a corrigiu e Alphonsine

franziu o cenho.

Será que o homem já estava ciente da venda das ações?

— Por que, oportuno? — ela perguntou, preocupada.

— Queríamos conversar com o seu marido. Ele a acompanhou a Londres? — o homem explicou e Alphonsine suspirou, aliviada. Ele não desconfiava de nada.

— Ah, sim. Sinto muito, milorde, ele ficou em Bath.

— Ficamos preocupados quando ele não apareceu na reunião do mês passado — o lorde explicou.

— Ele não tinha motivos para aparecer na reunião. Ele não tem mais ações com os senhores — Alphonsine comentou, como se fosse algo trivial.

— O que quer dizer com isso? — lorde Derbeshire perguntou, semicerrando os olhos.

— Ele me passou todas as ações há alguns dias. Então elas me pertencem, exatamente como falei na reunião em que me expulsaram. Mas não se preocupem, não cobrarei as ações como informei naquele dia. Elas já não são minhas, eu as vendi.

— Não estávamos sabendo da venda... — Lorde Rivent comentou, franzindo o cenho. — Deveria ter nos consultado e oferecido primeiro.

— Na última reunião, foi deixado claro que minha presença não era bem-vinda, então eu achei por bem evitar mais animosidades entre nós.

— E para quem as vendeu? — o Sr. Grantfell perguntou, com certa preocupação.

— Bem, foi para outros homens, não precisarão se preocupar em ter mulheres em suas reuniões — Alphonsine ironizou. — Os homens que entrei em contato, quando souberam de minha intenção de vender as ações, não se importaram com o fato de eu ser mulher e ofereceram bastante dinheiro por cada uma delas. Nunca imaginei que conseguiria tantas libras.

— Para quem vendeu, lady Crosbey? — lorde Derbeshire perguntou, preocupado.

— Lorde Greenmount, lorde Severn, lorde Glineverth... e mais alguns outros.

— Você é uma cobra! — Rivent a acusou. Os olhos apertados em ódio. — Maldita seja.

— Como pôde fazer isso? — Lorde Mackoly pareceu decepcionado com a atitude dela, o que só a deixou mais furiosa. Ele a tinha decepcionado primeiro.

— Como eu pude? Os senhores me expulsaram, me humilharam, me julgaram incapaz e inadequada para continuar participando de seus negócios. O que fiz ainda foi pouco em comparação ao que os senhores mereciam. Passar bem, milordes. Espero nunca mais nos encontrarmos.

Alphonsine deu as costas a eles sem fazer nenhuma reverência e se dirigiu com sua criada para a carruagem.

Sua missão ali estava concluída, só lhe restava agora voltar para casa.

Capítulo 15

Após as intermináveis horas em uma balsa para atravessar o canal de São Jorge, e a longa viagem de carruagem em solo irlandês, Elijah se encontrava em frente a uma porta de madeira de uma casa simples, de uma rua modesta em Kilkenny.

Estava parado lá há alguns minutos, sem coragem de bater na porta. Tinha medo de não a encontrar ali, e talvez mais medo de a encontrar.

Se sua mãe escolhera partir e forjar a própria morte, então significava que seu pai não era o monstro que ele acreditava, e não apenas isso, sua mãe preferiu deixá-lo na escuridão e no sofrimento durante todo aquele tempo. Não sabia o que sentiria quando a encontrasse.

Aquilo o fez perceber que passara os últimos nove anos de sua vida tentando ferir e acusando seu pai de um crime do qual ele era inocente. E não apenas magoara o conde, mas também a mulher que um dia ele amou. Devia a ambos desculpas e reparações.

Entretanto, antes de qualquer coisa, precisava saber se aquela carta que recebeu era verdadeira.

Estava prestes a bater na porta quando a madeira rangeu e se abriu, e uma criança o encarou com enormes olhos castanhos.

— Mãe, tem um homem na porta — a menina gritou e em seguida fechou a porta, deixando Elijah completamente perdido com aquela situação.

Antes que ele pudesse bater novamente, ouviu a voz de uma mulher reclamando com a criança do lado de dentro e seus olhos se encheram de lágrimas, era a voz de sua mãe.

— Elisa, eu já disse para você não abrir a porta para estranhos. Pode ser perigoso, apenas eu ou seu pai podemos abrir.

— Mas eu...

— Não importa, agora vá para o seu quarto.

— Está bem, mãe.

Elijah ouviu a conversa e em seguida a mulher abriu a porta com um sorriso no rosto, assim que o reconheceu, o sorriso desapareceu e foi substituído por uma expressão de surpresa.

— Elijah?

— Olá, mamãe...

— Elijah! — A mulher se jogou nos braços de Elijah com um sorriso na face e lágrimas nos olhos. — Meu filho! Oh, meu Elijah.

Elijah a observou, estático, sem reação. Aquela mulher era realmente a sua mãe. Estava muito diferente da mulher que um dia conheceu. As roupas, o penteado, o porte físico, nada daquilo lhe era familiar, mas o olhar, a voz e o sorriso dela eram inconfundíveis.

— A senhora está viva... — Elijah comentou, sentindo o peso da realidade o tomando.

Ele passou anos acreditando em uma mentira. Havia sofrido durante dez anos na escuridão da ignorância e, agora que a verdade lhe era revelada, sentia um nó na sua garganta e o seu coração doía como no dia que a perdeu.

— Como pôde fazer isso comigo? — Elijah perguntou em um fio de voz.

— Eu precisei, meu bem — a mulher respondeu como se aquilo explicasse tudo.

Elijah deu um passo para trás.

— Você não sabe o quanto eu sofri. Nove anos! Foram nove anos da minha vida que eu perdi por sua causa. — Elijah passou as mãos no rosto. — Céus, eu estraguei minha vida por causa de uma mentira.

A mágoa era visível no semblante de Elijah e a mulher não teve dificuldades em reconhecê-la.

— Por favor, me deixe explicar.

— Eu já sei de tudo, li sua carta, o que mais teria a me dizer?

— Elijah, vamos entrar. Sei que o magoei, mas você precisa entender. Permita que eu me explique e me desculpe.

Elijah a fitou por mais alguns instantes. Ela era sua mãe, a amava tanto que não havia superado a morte dela, mas naquele momento a odiava. A odiava por ter escondido a verdade dele, a odiava porque as mentiras dela o transformaram em um monstro.

— Eu não posso. — Elijah se afastou a passos rápidos, sem olhar para trás. Pensava que estaria pronto quando a encontrasse, mas a verdade era o oposto disso.

— Elijah, por favor, volte — a mulher implorou ao ver o filho entrar na carruagem.

Elijah ignorou o chamado de sua mãe e ordenou que a carruagem partisse.

♥

Havia algumas horas que voltara para a pensão simples em Kilkenny, onde havia se instalado antes de visitar a casa da sua mãe, e desde que voltara, não conseguia deixar de pensar nas coisas que fez e no quanto havia errado. O arrependimento lhe corroía como um ácido, e a vergonha por ter feito coisas tão vis, lhe atormentava incessantemente.

Havia estragado a sua vida em busca de vingança. Acreditou mesmo que estava fazendo justiça pela morte da mãe, quando, na verdade, estava sendo injusto ao acusar e condenar um homem sem culpa e por ter feito sua esposa, que era a mais inocente de todas as pessoas, sofrer.

Tentava entender o porquê dos seus pais decidirem manter a

verdade longe dele. Por que preferiram vê-lo sofrer tanto a dizer-lhe a verdade?

Tantos erros teriam sido evitados se soubesse da verdade desde o começo...

Nunca havia se odiado tanto quanto naquele momento.

Uma batida na sua porta o fez levantar-se da cama. Tirou o relógio do bolso do casaco e lembrou-se de Alphonsine. Ela ainda mantinha consigo o relógio que pertencia a ele. Abriu o objeto e conferiu as horas. O jantar se aproximava.

Seguiu para a porta, imaginando que do outro lado estaria uma criada ou um lacaio para informar-lhe que o jantar estava servido no refeitório. E seguiu para a porta, pronto para dispensar a criada.

Havia perdido o apetite, apesar de não ter se alimentado corretamente naquele dia, ele não tinha a intenção de descer para jantar no salão.

Ao abrir a porta, seu pensamento foi confirmado, era realmente uma criada.

— Meu senhor, a refeição será servida em quinze minutos.

— Não descerei hoje para o salão — Elijah respondeu.

— Gostaria que eu trouxesse algo para o senhor comer no quarto?

Elijah ponderou por alguns minutos, apesar do pouco apetite, precisava comer, então decidiu aceitar a oferta da criada.

A criada ao ter sua resposta, retirou-se com uma reverência e desapareceu no corredor.

Elijah fechou a porta novamente e suspirou. Precisava decidir o que faria da sua vida dali por diante. Não seria fácil recomeçar e, muito menos, corrigir seus erros.

Antes que pudesse chegar até a cama, alguém bateu novamente na porta. Elijah deu meia-volta, o cenho franzido. Não havia se passado tempo suficiente para a criada preparar e subir com a refeição dele.

Talvez fosse outra criada — pensou.

Entretanto, não era uma criada, e sim sua mãe.

— Precisamos conversar, Elijah — a mulher informou

empurrando a porta para terminar de abri-la e entrando no quarto do homem sem a permissão dele.

— Eu não tenho mais nada a dizer, por favor, vá embora.

— Mas eu tenho. Sei que você deve me odiar agora, mas eu nunca quis machucá-lo. Eu só peço que me ouça e, depois, eu vou embora.

Elijah suspirou e retirou de seu bolso o relógio.

— Você tem dez minutos — disse, começando a contar o tempo.

— Está bem. — A mulher respirou fundo. — Eu não pretendia manter esse segredo por tanto tempo. Enviei a carta para o seu pai lhe entregar logo que eu e o Hugh nos instalamos aqui. Eu pedi que ele esperasse os dois anos do luto para que minha morte fosse esquecida e você pudesse vir me ver sem levantar suspeitas. Fiquei todos esses anos esperando que viesse. Mas você nunca veio.

— Eu estava na guerra. Só tive conhecimento da carta há três dias — Elijah se explicou.

— É claro. Você tinha seus deveres a cumprir. O que quero dizer é que nunca pretendi esconder a verdade durante tanto tempo.

Elijah sabia que ela estava dizendo a verdade, pois a fala dela confirmava o que seu pai havia dito sobre ter esperado o luto dele passar para lhe entregar a carta. Mas ainda doía ter sido colocado de lado.

— Eu acredito em você. Entretanto, não consigo perdoá-la. — Elijah apertou o relógio com força, sentindo a verdade das palavras que diria lhe perfurar a alma. — Eu destruí minha vida por sua causa.

Eloise deu um passo para trás diante do ódio que via no olhar do seu filho.

— O que aconteceu? — a mulher perguntou sem entender.

Elijah respirou fundo, procurando se acalmar. O ódio de si mesmo queimava em suas veias e era difícil conter aquele sentimento. Após alguns instantes, guardou o relógio no bolso e apontou para o sofá em frente à cama. Sentou-se em uma poltrona e decidiu contar o que as escolhas dela o tinham levado a fazer.

— Eu passei esses anos todos culpando meu pai por sua morte. Eu não sabia o que havia acontecido e ele nunca me contou, até semana passada.

— Oh, céus. — A mulher se remexeu, desconfortável. — O que você fez?

E Elijah contou.

Contou sobre a vingança, sobre ter ido bêbado à cerimônia, sobre ter evitado ter um casamento de verdade e sobre a guerra.

Parou apenas para receber a refeição trazida pela criada e, em seguida, continuou.

Durante mais de uma hora, apenas ele falou e sua mãe ouvia atentamente a história dos anos que havia perdido da vida de seu filho.

Quando Elijah terminou, Eloise se sentia culpada por tudo que a mentira dela causou a ele. Se o tivesse incluído no plano, Elijah não teria cometido nenhum daqueles erros. Entretanto, seus sentimentos eram conflitantes, pois sabia que se tivesse contado a verdade desde o início, o plano certamente teria falhado.

— Eu não imaginei que minha fuga causaria tanta confusão. Eu sinto muito por não ter lhe incluído no plano. Mas eu precisava morrer para o mundo.

— Para o mundo, eu entendo, mas para mim? A senhora nunca vai imaginar a dor que eu senti, o sofrimento que me causou durante anos. Todos os erros que cometi foi porque eu não superei a sua morte. — Elijah se sentia enganado, usado até, por aqueles que um dia ele confiou.

— Eu sinto tanto por isso — a mulher respondeu com tristeza por saber a dor que causou ao filho. — Mas seu sofrimento foi o que convenceu a todos da minha morte.

— Então eu fui apenas uma garantia, um certificado de sua morte. — Elijah se levantou, ofendido. — Quem suspeitaria que a condessa estava viva, quando o próprio filho sofria dia após dia com a morte dela?

— Não foi assim. Você está magoado, e é um direito seu por eu tê-lo enganado, mas se você soubesse que eu estava viva, teria tentado manter o contato comigo e então as pessoas desconfiariam e logo descobririam toda a verdade que eu tentei esconder. Você sempre foi transparente demais para conseguir esconder um segredo dessa magnitude.

— Eu teria conseguido, se tivesse me dado uma chance de tentar.

— Você era jovem demais. Seu romantismo e paixão tornavam impossível você ficar de luto por mim. Você continuaria com o mesmo brilho no olhar, com a mesma felicidade e logo perceberiam que algo estava errado e meu segredo seria descoberto. E então eu seria acusada de adultério e de fraude, e um escândalo sujaria o nome da família. Eu jurei ao seu pai que desapareceria para sempre e que seria como se eu realmente tivesse morrido. Era o mínimo que eu poderia fazer diante da ajuda dele: manter o nome da família livre de qualquer escândalo ou vergonha.

Elijah bufou ao ouvir a última frase.

— Você forjou a sua morte para evitar um escândalo, e eu fiz questão de sujar o nome da família por acreditar que meu pai a havia matado.

— Mas nada do que você fez prejudicaria de forma definitiva o nome da família; meu pecado, por outro lado, marcaria para sempre o legado dos Hawkish. Você é um homem e o herdeiro de um dos condados mais antigos da Inglaterra, seus erros são facilmente esquecíveis.

Elijah cerrou os dentes. Sua mãe estava certa. Não apenas sobre os erros dele terem sido perdoados, como o fato de que ele não teria conseguido manter o luto sabendo que a mãe não estava morta. E como na época ainda estudava em Oxford, seria impossível manter a farsa por muito tempo. Logo os planos de Eloise seriam descobertos e o escândalo seria inevitável.

— Eu odeio que você tenha razão — confessou, voltando a se sentar na poltrona.

— Eu sei — sua mãe respondeu, finalmente se permitindo dar um pequeno sorriso.

Elijah suspirou, pensando em tudo que tinha feito e que agora teria que tentar consertar.

— Se eu tivesse conhecimento do seu plano, não teria cometido tantos erros na minha vida. Passei quase dez anos em busca de uma vingança inexistente e machuquei pessoas inocentes. Agora que sei a verdade, eu vejo as coisas que fiz e me envergonho profundamente. Eu estou feliz que esteja viva, não pense o contrário, mas esse fato torna a última década de minha vida um erro irreparável.

— Nada é irreparável.

— Eu fui um filho horrível e um marido ainda pior. Não há perdão para as coisas que fiz.

— Sempre existirá uma chance para se redimir pelos seus erros. Você se deixou levar pelo ódio contra o seu pai, seus atos foram reflexo da dor que sentia ao ter me perdido. Seu pai sempre soube disso, e sua esposa certamente o entenderá.

— Não tenho esperanças quanto a isso.

— Mesmo sem esperanças, você deve tentar consertar os erros que cometeu. Eu sei que ela lhe amava, Elijah. Vocês eram o casal mais apaixonado de toda Inglaterra. Eu podia ver o amor que ela sentia toda vez que ela o olhava. E você a amava também. — A mulher suspirou com as lembranças. — Ainda não é tarde para vocês dois darem uma segunda chance para o amor que sentiam um pelo outro.

— Ela nunca vai me perdoar. Nem meu pai.

— Seu pai já o perdoou, com toda certeza, afinal, ele é seu pai, estamos sempre inclinados a perdoar os erros dos nossos filhos. Quando você tiver o seu, entenderá o que digo, nosso amor é incondicional, ou pelo menos é como deve ser. Eu e seu pai podemos não ter nos amado, mas sempre amamos você. E se ele conseguiu perdoar a minha traição, com certeza poderá perdoar sua lealdade a mim. Já com a sua esposa, eu temo que terá mais trabalho.

— Ela se tornou uma mulher tão independente — Elijah comentou, com um sorriso orgulhoso. — Acredita que ela é mais rica que eu?

Eloise riu.

— Você ainda é apaixonado por ela. — Não era uma pergunta,

a confirmação estava diante dos seus olhos.

— Eu a evitei todos esses anos porque sabia que apenas um dia com ela, seria o suficiente para perder completamente meu coração. Eu me sabotei por causa de uma vingança que nunca deveria ter existido.

— Ainda há tempo de mudar isso. Você pode ter um casamento de verdade com sua esposa. Só precisa fazê-la se apaixonar novamente por você. Duvido que o amor que ela sentia tenha se apagado por completo.

— Ela me odeia. Disse que eu deveria manter distância dela e do bebê.

— Ela está grávida? — A mulher ficou surpresa. — Pensei que tivesse dito que o casamento de vocês era apenas no papel.

Elijah se remexeu, desconfortável. Não tinha contado à sua mãe sobre a forma como sua esposa o enganou e o fez dormir com ela para que tivessem um filho.

— O filho não é seu... — a mulher concluiu, ao ver o desconforto do filho.

— Não é isso, o bebê é meu, sim. Eu só não sabia que a mulher com quem eu estava dormindo era a minha esposa.

— Como não sabia? Explique-me essa história direito, Elijah.

E então, Elijah contou como tudo tinha acontecido, como seu pai ameaçou Alphonsine e como ela tentou convencê-lo por meio de cartas a ter um casamento comum, e como ele se recusou todas as vezes a dar o que ela queria. Quando ele contou que sua esposa se fingiu de prostituta, Eloise não conseguiu evitar o assombro, e ao ouvir o relato da briga que teve pouco antes de partir, ela não pôde evitar elogiar a sua nora.

— Que mulher mais perspicaz. Ela conseguiu um feito e tanto. E ainda não consigo acreditar que não a reconheceu.

— Ela mudou muito nos últimos anos. E nas duas noites que estivemos juntos, ela estava cheia de pó e enfeites. Não se parecia em nada com a mulher da minha juventude.

— Bem, não importa que não a tenha reconhecido. É passado e não conseguiremos mudá-lo. Mas o que pretende fazer agora a respeito dela?

— Sinceramente, eu não faço ideia. Ela não me quer por perto. Deve me odiar com todas as forças e eu não quero mais prejudicá-la.

— Então a deixará sozinha para ter uma criança?

— Se for isso que ela quiser, eu o farei.

— Meu Deus, Elijah, eu pensei que tinha te criado melhor. Se você a ama, então lute por ela. Mostre que você mudou. Que não existe mais vingança. Conte a ela a verdade, se isso for salvar o seu casamento.

— Ela me odeia. — Elijah suspirou, triste e pessimista.

— Se Alphonsine te odeia, é sinal de que você ainda mexe com ela. O amor e o ódio coexistem em uma linha tênue. Não deve temer o ódio dela, e sim a indiferença. Enquanto ela sentir algo, você terá uma chance de conquistá-la.

— A senhora não conhece a determinação dela. Se ela está decidida a me odiar, é apenas isso que receberei. Duvido até que me permita ficar no mesmo teto que ela.

— Bem, vocês vão ter um filho, use isso a seu favor. Diga que quer estar presente na vida da criança. Que quer cuidar dela e do bebê. Que quer garantir que seu filho nasça bem. E se ainda assim ela recusar, então diga que vocês têm que ficar juntos nem que seja para que as pessoas não pensem que o bebê não lhe pertence. Invente qualquer desculpa que a convença.

— Eu posso tentar — Elijah respondeu, não muito confiante.

— Você se tornou um belo homem, se a conversa não for suficiente, use o seu charme, tenho certeza de que ainda o tem guardado em algum lugar por aí.

— Está sugerindo que devo seduzir a minha esposa? — Elijah ficou surpreso com a audácia da mãe.

— Ela o seduziu antes, não foi? Não é como se nunca tivessem compartilhado a cama. Não são só os homens que costumam ceder depois de uma noite satisfatória.

— Mamãe?! — Elijah ficou vermelho com aquela insinuação vinda de sua mãe.

— O quê? Você não é mais nenhuma criança, e é casado também.

— Mas a senhora ainda é minha mãe. Uma lady. Não deveria falar dessas coisas.

— Você acha que eu tive dois filhos lindos através de um repolho?

Eloise gargalhou e Elijah notou que nunca havia ouvido aquele som vindo de sua mãe. Ela sempre tinha sido contida e educada, com sorrisos discretos e olhares amorosos para ele, mas nunca uma risada e muito menos uma gargalhada. Vê-la tão vívida e livre lhe aqueceu o coração.

— Eu nunca a ouvi rir antes — Elijah confessou, admirado.

— Existe liberdade na simplicidade. Eu posso rir o quanto eu quiser como a Sra. Hugh Klannoby. Ninguém me recriminará por eu gargalhar, ou elevar a voz, ou ter opinião e isso é reconfortante.

— Então a senhora não se arrepende?

— Não, meu filho, não me arrependo. Posso não possuir os luxos que tinha na minha vida anterior, mas toda noite quando eu deito e olho para o homem ao meu lado, tenho certeza de que nunca seria tão feliz quanto sou ao lado dele. Não estou dizendo que é fácil. Tem dias que eu sinto falta da facilidade com que um título consegue tudo, mas ainda assim eu continuaria escolhendo essa vida.

Elijah não sabia se entendia as escolhas da mãe, mas ela parecia feliz com a vida que tinha.

— Fico feliz em ver que a senhora conseguiu ser feliz, apesar de tudo.

Eloise se levantou e se aproximou do filho, Elijah permaneceu sentado, e ela lhe deu um beijo na fronte.

— Eu quero que você seja feliz também, nunca quis que o preço de minha felicidade fosse pago por você. Então, volte para casa e reconquiste a sua esposa, vocês ainda hão de ser muito felizes.

— Espero que isso ainda seja possível.

— Será. Mas antes você precisa conhecer a sua irmã. Espero-o amanhã em minha casa para o almoço.

♥

Na manhã seguinte, no horário combinado, Elijah se dirigiu à casa de sua mãe. A mulher o recebeu com alegria e pediu que ele entrasse.

O ambiente não era nada comparado às regalias que ela tinha como uma condessa. A casa era modesta e simples, completamente o oposto dos enormes castelos e mansões que a sua mãe possuía em Londres.

Eloise notou o desagrado no olhar do filho ao reparar na casa.

— É simples, quando comparado a Londres, eu sei, mas é muito aconchegante — sua mãe lhe garantiu e em seguida elevou a voz para que pudesse ser ouvida do segundo andar. — Elisa, venha aqui, querida.

Elijah ergueu uma sobrancelha ao ouvir a sua mãe, que sempre tinha sido o exemplo dos bons costumes, elevar a voz daquela forma.

— Desculpe por isso. — Eloise se envergonhou ao perceber que o filho a olhava com surpresa. — As regras aqui são menos rigorosas que em Londres, então acabei perdendo alguns bons modos. O almoço está quase pronto. Você gostaria de comer algo enquanto espera? Há biscoitos e chá.

— Eu adoraria.

— Então sente-se, que vou providenciar.

Elijah observou a mãe seguir por um corredor que provavelmente dava para a cozinha e depois voltar ela mesma carregando uma bandeja com chá e biscoitos.

— Não há nenhum criado na casa? — Elijah perguntou, ficando confuso ao vê-la fazendo o serviço de uma criada.

A mulher ficou envergonhada.

— Não temos muitos criados, apenas uma cozinheira que está preparando o almoço neste momento e uma criada que faz a limpeza da casa, ela deve estar nos fundos, cuidando do jardim.

Elijah ficou horrorizado. Não imaginaria que sua mãe estivesse vivendo na miséria.

— Meu pai não lhe deu nenhum dinheiro? Eu não sabia que estava passando por dificuldades... se soubesse... bem, eu mal sabia que estava viva, mas eu teria procurado ajudar. Por que não pediu a...?

— Elijah, pare — a mulher o interrompeu. — O que quer que esteja pensando, pare, imediatamente. Eu escolhi essa vida, seu pai não tem obrigação nenhuma comigo. Eu jamais poderia pedir qualquer coisa a ele. Eu tenho o meu orgulho. Fiz minhas escolhas e devo arcar com as consequências, e teria feito tudo novamente, ainda que soubesse como estaria agora. Não tem sido fácil, mas somos felizes com o pouco que temos.

A pequena Elisa apareceu na sala e correu para as saias de sua mãe. Ela não deveria ter mais de cinco anos, pelo que aparentava, Elijah estava esperando uma criança mais velha.

— Elisa, querida, esse é o Elijah Crosbey, o seu meio-irmão mais velho. Elijah essa é Elisa Klannoby, minha filha e sua meia-irmã.

Elijah fez uma pequena reverência para sua irmã, que se escondeu atrás da saia de sua mãe.

— Você não disse a ela que sou um lorde, por quê? — Elijah perguntou, curioso com aquela apresentação tão superficial.

— Apresentei da forma que importa, ela não precisa saber o que você é, apenas quem você é. Meu passado está morto, Elijah, mesmo que ele ainda faça parte do meu presente e futuro.

Elijah ponderou sobre aquela frase. Fazia sentido que sua mãe não quisesse ser reconhecida, uma vez que para toda a sociedade, ela estava morta. Então deu aquele assunto por encerrado e comentou outra coisa que havia reparado anteriormente:

— Ela não parece ter nove anos.

Eloise puxou a filha para que ela se sentasse em seu colo e beijou as bochechas rosadas da garota.

— Não, tem apenas quatro anos e meio. Eu perdi o outro bebê logo que cheguei aqui.

— Sinto muito.

— Tudo bem, as coisas aconteceram como tinham que ser, foi melhor assim — Eloise respondeu, com um sorriso, mas seu semblante havia se entristecido ao se lembrar do bebê que a fizera fugir de sua vida em Londres.

— Onde está o seu marido? — Elijah perguntou, temendo que a presença dele ali pudesse ser indesejada.

— O Hugh está na fábrica, trabalhando. Ele deve chegar ao pôr do sol para o jantar. Se ficar para jantar conosco, poderá conversar com ele.

— Não quero ser inconveniente.

— Não será. Por favor, fique, assim terá tempo de conhecer a sua irmã e podemos conversar mais um pouco. Eu não quero que vá embora.

— Neste caso, aceitarei o seu convite.

A mulher sorriu e em seguida pôs a filha que se esperneava no chão, já que era isso que a criança queria e a menina pegou um biscoito em cima da mesinha.

— Só esse, ou não vai conseguir almoçar — a mãe explicou para a criança que, satisfeita, colocou o biscoito na boca e ficou mordiscando-o.

— Sei que a senhora escolheu essa vida, mas me deixe ajudá-la um pouco. Eu não quero que passe nenhuma necessidade agora que eu a encontrei.

— Nós estamos bem, não precisa se preocupar conosco — Eloise recusou, ficando ruborizada.

— Mamãe, eu não poderei ficar em paz sabendo que a senhora não tem ao menos as mesmas regalias que eu. Deixe-me contratar criados e pelo menos lhe mandar algum dinheiro todo mês, para a senhora e minha irmã.

— Não é necessário, de verdade, Elijah. Eu tenho uma vida boa.

— Está bem, não insistirei. Mas prometa que se precisar de algo, me contatará.

— Prometo — Eloise concordou, mas no fundo Elijah sabia que ela não iria pedir a ajuda dele em nenhum momento. Sua mãe também tinha o seu orgulho.

O almoço foi servido quase uma hora depois, e Elijah teve que reconhecer que apesar das acomodações simples, a cozinheira de sua mãe era excelente. A mesa estava farta e a comida, deliciosa.

Elijah passou uma parte da tarde brincando e conhecendo a

irmã que, após o almoço, perdeu um pouco da timidez e mostrou a Elijah como caçar joaninhas no jardim.

♥

Na hora do jantar, o novo marido de Eloise chegou e se surpreendeu ao encontrar uma visita. Seu espanto se tornou preocupação ao descobrir que era o filho mais velho de sua esposa.

— Papai! — Elisa, ao ouvir a porta abrir, saiu de trás do sofá, onde estava brincando, escondida de Elijah, e correu para o pai, que a recebeu no colo com um sorriso no rosto.

Após beijar a filha e abraçar a esposa, como fazia todos os dias quando chegava da fábrica, Hugh Klannoby se voltou para o homem em sua casa.

— Sr. Klannoby, é um prazer revê-lo. — Elijah estendeu a mão assim que viu que a atenção do homem estava nele.

Elijah se lembrava pouco do homem, que antigamente era o administrador das terras de seu pai.

— O prazer é meu, lorde Crosbey — Hugh respondeu, mas era visível que ele não achava nenhum pouco prazeroso ter o outro homem ali.

— Não é necessário formalidades, querido — a Sra. Klannoby corrigiu. — Para nenhum dos dois.

— Então acredito que possa me chamar de Elijah e eu o chamarei de Hugh — Elijah concordou com a mãe, e cedeu primeiro, querendo que o homem ficasse mais à vontade.

— Como quiser — Hugh também concordou, mas não mudou sua expressão alarmada.

— Querido, não precisa ficar preocupado. O Elijah não veio me levar embora — a mulher explicou, ao ver que o esposo ainda estava desconfiado.

— Então por que ele está aqui?

— Hugh, ele é meu filho. Tem todo o direito de vir me visitar — Eloise explicou.

— Sinto muito, querida. Tem razão. Perdoe-me. Você é bem-vindo, Elijah. Eu vou me arrumar para o jantar, com licença.

O homem subiu as escadas rapidamente e a mãe de Elijah suspirou.

— Ele sempre temeu esse dia. Tem medo de que o passado volte para assombrá-lo e que isso me afaste dele.

— Eu entendo. Afinal, você era uma condessa e por causa do que sente por ele, largou tudo para ser apenas uma mulher comum, não é surpresa que ele ache que o seu valor é muito maior que o dele.

— Ninguém vale mais do que ninguém nesta casa, Elijah — a mãe ralhou. — O nosso valor não está no que possuímos e sim no que somos. Não seja arrogante.

— Peço desculpas. — Elijah não se arrependia de fato de ter dito aquilo, pois acreditava realmente que sua mãe valia mais do que qualquer um ali naquela casa, pelo simples fato de ser a mãe dele.

— Venha. Daqui a pouco o jantar será servido.

Seguiram para a sala de jantar e sentaram-se ao redor da mesa, esperando o Sr. Klannoby.

Assim que o homem desceu, já limpo e vestido em roupas apropriadas, o jantar foi servido. A conversa ficou em assuntos comuns como o trabalho e o clima irlandês, e aos poucos a preocupação de Hugh com a visita de Elijah foi cedendo.

No final da refeição, os homens à mesa já conversavam com menos desconfiança e Eloise sentiu que finalmente sua vida estava completa.

Com a insistência da mãe para que ele permanecesse com eles aquela noite, Elijah concordou em se acomodar em um dos vários cômodos da casa, mas voltaria a Londres na manhã seguinte, pois precisava arrumar a bagunça que fizera em sua vida.

Capítulo 15

Alphonsine não tinha notícias de seu marido desde que o deixara em Hill Castle, há duas semanas.

Não que quisesse alguma.

Se dependesse dela, seu marido poderia sumir que ela não se importaria, afinal, havia passado toda a sua vida sem ele. Não precisava dele para nada, pelo contrário, estava muito melhor sem ele. Ao menos era isso que dizia para si mesma.

Ignorou o desjejum, pois, por causa da gravidez, passava as manhãs indisposta. Entretanto, na hora do almoço, decidiu descer após sentir que seu estômago revolto tinha se aquietado.

Estava no meio do caminho quando sua criada veio ao seu encontro, lhe informando que o seu marido estava a poucos minutos de Crosbey Manor.

Alphonsine irritou-se com o atrevimento do homem em ousar aparecer ali, depois de tudo o que causou a ela.

Informou que quando ele chegasse, deveria ser levado para a sala de visitas como qualquer outro convidado e que fosse tratado como tal.

Alphonsine foi para a sala indicada e esperou o seu marido chegar.

Elijah foi levado para onde sua esposa o aguardava e assim que entrou na sala e o mordomo fechou a porta atrás deles, recebeu a saudação menos calorosa de sua vida.

— Se veio me acusar novamente, por favor, poupe a nós dois do aborrecimento e vá embora.

— Não vim com acusações — Elijah se defendeu. — A verdade é que vim me desculpar pelo meu comportamento.

Alphonsine ergueu as sobrancelhas, dando pouco crédito àquelas palavras. Seu marido a ignorara por duas semanas, depois que ele descobriu que ela o tinha enganado e agora estava ali para pedir desculpas? Algo não estava certo. Não que ele não devesse pedir desculpas pelo comportamento que teve, não somente durante a briga, mas durante o casamento inteiro deles, contudo, aquilo não era algo que ela esperava do seu marido.

— Por que isso agora?

— Eu percebi que cometi muitos erros e estou disposto a me redimir.

— Então agora está arrependido. Por quê?

Elijah pareceu desconfortável enquanto amassava a aba do seu chapéu entre seus dedos.

— Eu vou ser pai. Isso muda a forma de um homem ver a vida.

— Só por isso?

— Bem e por você também. Você tinha razão.

Alphonsine bufou e abanou a mão, indiferente.

— Preciso que seja mais específico. Eu sempre tenho razão, mas a que você se refere?

— Quando disse que se tivéssemos um casamento real, nada seria como foi. Então eu decidi aceitar o que me pediu tantas vezes nas cartas. Devemos ter um casamento de verdade.

Alphonsine ficou surpresa com aquela resposta e quase não acreditou no que ouviu.

— Tarde demais, lorde Crosbey. A oferta não é mais válida.

Elijah sabia que uma mulher como a sua não cederia

facilmente, então decidiu usar um argumento que ela não poderia refutar.

— Você está esperando um filho meu, não pode me negar participar da vida dele.

Alphonsine semicerrou os olhos, não gostando daquele argumento.

— Então agora decidiu cumprir suas obrigações?

— Como eu disse, estou tentando corrigir meus erros e pretendo começar por você.

Aquelas palavras evocaram a fúria da mulher.

— Acha que será fácil assim? Vir até aqui dizendo que está arrependido e que quer ter de volta nosso casamento? Você me traiu de todas as formas possíveis, Elijah. Espera mesmo que algum dia eu lhe perdoe?

Elijah permaneceu firme, seus olhos estavam resolutos e ele não se abalou com as palavras dela. Estava ali com um propósito e o cumpriria a qualquer custo.

— Eu sei que cometi inúmeros erros, e que você se sentiu traída, mas eu nunca a traí, bem, exceto pela vez que a levei para cama, sem saber que era você. O que nem deve ser considerado traição.

— Se na sua cabeça eu não era sua esposa, então foi uma traição, sim. — Ela semicerrou os olhos, ultrajada com o argumento usado por ele. — Você já me machucou demais.

— Eu sei e por isso vim aqui. Eu quero consertar tudo.

— Há coisas que não podem ser consertadas.

— Mas ao menos me permita tentar!

— E lhe dar a chance de piorar ainda mais as coisas? — ela zombou. — É melhor não.

Elijah cerrou os dentes. O gênio de sua esposa não era fácil de lidar, ainda mais porque ela o culpava por tudo que lhe sucedeu após o casamento, e estava certa em fazê-lo.

— Não seja orgulhosa. Ficaremos juntos de hoje em diante. Eu serei um marido exemplar e compensarei você por todos esses anos que passamos longe.

— Não, não ficaremos. Quero distância de você e de sua

briga tola. Acha que não sei que tudo o que faz é para atingir o seu pai? Eu não me deixarei levar por essa história de redenção. O que aconteceu desta vez? Seu pai quer que nos divorciamos? Ele ainda pensa que o filho é de outro e por isso você veio me procurar?

— Nada disso. Eu realmente deixei a vingança de lado. Não estou mais disposto a perder um minuto do meu tempo com sentimentos ruins.

Alphonsine o olhou com ainda mais desconfiança. Ela não estava acreditando em nenhuma palavra que saía da boca do marido.

— É claro que não — debochou, revirando os olhos.

Elijah suspirou. Estava sendo mais difícil do que imaginava.

— Eu mudei, Alphonsine. Quando percebi que tudo o que fiz apenas machucou pessoas inocentes, eu entendi que estava cometendo um erro. E você foi a mais prejudicada nisso tudo. Eu nunca vou me perdoar pelo sofrimento que lhe causei e por ter lhe abandonado durante todos esses anos, mas não quero pensar que é tarde demais, não *posso* aceitar que seja tarde demais. Eu preciso me redimir por tudo o que fiz. Eu só peço uma chance.

Alphonsine ponderou por alguns instantes. Não esperava que ele assumisse a culpa diante dela e se mostrasse disposto a alcançar o perdão, de todas as situações que ela imaginou que pudessem acontecer quando ele descobrisse sobre a gravidez, aquela fora a única que não passou por sua cabeça.

Seria algo bom demais para ser real.

— Dê-me um bom motivo para eu acreditar que sua mudança é verdadeira.

Elijah pensou em algo, mas não tinha nenhuma prova de que havia mudado, porque a mudança fora interna e a primeira pessoa que ele tinha buscado para pedir perdão era sua esposa.

— Acho que não tenho nada a lhe oferecer além da minha palavra.

— Não é suficiente.

— Então me diga o que seria, para que eu possa provar-lhe minhas boas intenções.

— Você pode ir embora.

— Qualquer coisa, menos isso. Não a abandonarei novamente, ou a meu filho. Eu errei e muito com você. E é por isso que estou aqui. Eu quero recomeçar. Nós já fomos apaixonados um dia. Podemos gostar um do outro novamente.

Alphonsine sentiu o seu peito sendo atingido quando ele mencionou o passado. Sim, ela tinha sido apaixonada por ele, havia ansiado o dia que se uniria para sempre à Elijah, por achar que se casariam por amor e, rezou para que a mudança de comportamento do seu noivo fosse apenas devido ao luto e que findasse após o casamento. Esperou tanto que ele voltasse a ser o homem que ela amava, mas isso nunca aconteceu.

— Meu sentimento por você morreu no dia em que me abandonou, lorde Crosbey. A moça inocente que acreditava em finais felizes e casamentos por amor já não existe mais e não quero trazer à tona as lembranças de uma época que não voltará. Então nunca mais toque nesse assunto.

— Eu sinto muito, não sabia que ainda guardava tanta mágoa.

— O passado apenas me trouxe sofrimento, estou apenas me precavendo que ele não se torne o meu presente mais uma vez. Aprendi com meus erros e não pretendo cometê-los novamente.

Elijah não soube o que responder diante daquilo. Sentiu-se o pior dos homens. Sabia que partira o coração dela, e aquela era a prova.

— Eu não sou mais o mesmo homem que a machucou. Eu jamais a machucaria novamente.

— Perdoe-me se não estou disposta a lhe dar um voto de confiança.

— Pelo bem do nosso filho. — Suplicou se aproximando de Alphonsine e tomou uma mão dela na sua, ficando em seguida de joelhos. — Por ele. Eu sei que fui um marido horrível, mas não quero ser um péssimo pai.

Aquele gesto surpreendeu Alphonsine, que não esperava tamanha humilhação do seu marido. Ele realmente estava disposto a tudo para que ela desse uma chance.

Alphonsine não poderia negar a ele a chance de criar o filho, mesmo que isso significasse tê-lo naquela casa. A presença dele a deixava desconfortável, entretanto, Alphonsine preferiu não tentar entender o porquê de seu estômago estar formigando enquanto ela tomava uma decisão.

— Você pode ficar em um dos quartos de hóspedes, como convidado. Poderá acompanhar as visitas do médico sobre o bebê e aceitarei que dê algumas opiniões a respeito do nosso filho. Somente.

— Então me permitirá ficar?

— Sim, mas apenas por causa do bebê. Mas se fizer qualquer coisa que me pareça minimamente suspeita, eu o mandarei embora, nem que para isso eu precise usar a força. Temos um acordo, lorde Crosbey?

— Elijah, já que vamos ser marido e mulher, pode me chamar pelo meu nome de batismo.

— Não seremos marido e mulher, lorde Crosbey, minha proposta é apenas para que você seja um pai presente, não me incluo nela.

Nesse momento o criado bateu à porta, impedindo Elijah de responder a afirmação de sua esposa. O homem informou que o almoço já estava pronto para ser servido.

— Obrigada, já estou indo — Alphonsine respondeu.

— Estamos indo — Elijah a corrigiu. — E, Miels, espero que tenha posto mais um prato à mesa. Estou de volta.

— É claro, milorde — o mordomo respondeu, inflando o peito orgulhoso por já ter feito aquele serviço. — Seja muito bem-vindo, estamos todos felizes com o seu retorno.

— Pode se retirar, Miels — Alphonsine ordenou, com a voz delatando sua irritação. Seu marido estava ali há poucos minutos e já agia como se mandasse em tudo.

Alphonsine esperou o criado se retirar antes de se virar para Elijah.

— Não haja como se fosse o dono da casa, lorde Crosbey, por enquanto o senhor é apenas um convidado.

— Será difícil evitar velhos hábitos quando eu cresci aqui e tive a maioria dos criados me servindo desde a infância — Elijah comentou, divertido, mas ao ver a expressão de sua esposa, se arrependeu do comentário.

— Não me interessa se morou a vida inteira aqui, o senhor passou a casa para meu nome e eu pago o salário dos criados, logo não tente usurpar o meu lugar ou eu o mandarei embora em um piscar de olhos.

Elijah respirou fundo e concordou. Ele teria que ter muita paciência para conseguir o perdão daquela mulher, mas levaria o tempo que fosse preciso para reconquistá-la.

♥

Na manhã seguinte, Alphonsine sabia que havia sido uma péssima ideia permitir que seu marido voltasse a morar em sua casa, porém não conseguiu negar-lhe a chance de participar da vida de seu filho. Apenas por causa do bebê que carregava em seu ventre, tinha concordado em ter Elijah sob o mesmo teto que ela.

A lady continuava aborrecida, ainda mais por não ter conseguido dormir bem à noite ao ficar pensando no retorno de seu marido.

Não entendia os reais motivos de Elijah estar ali, e não acreditava por inteiro nas palavras que ele usara para convencê-la a concordar com os planos dele.

O que poderia ter acontecido naquelas duas semanas que o mudou? Se é que havia uma mudança real.

Passou a noite inteira tentando encontrar respostas, mas tudo que conseguiu foi ter olheiras profundas na manhã seguinte, por causa da falta de sono, e fazer com que seu estômago ficasse mais embrulhado que o costumeiro.

Mal havia conseguido melhorar de seu mal-estar quando chegou a hora do almoço. Ela pensou em ignorar aquela refeição, mas sabia que não poderia fazê-lo. Tanto para o seu marido não achar que ela estava se escondendo dele, quanto porque precisava estar alimentada para a reunião que teria naquela tarde com lorde Hammilton.

Teve conhecimento de uma propriedade que serviria perfeitamente para o seu projeto de pousadas e hotéis, mas precisava convencer o homem a vender o imóvel para ela. Entretanto, estava confiante de que a transação fosse dar certo. Pelo que sabia, o homem estava desesperado por dinheiro.

Ela deveria estar animada para aquele encontro, porém a presença do marido a deixava desconfortável demais para sentir qualquer emoção.

Olhou para Elijah, que fazia sua refeição em silêncio do outro lado da mesa. Estavam almoçando um em cada extremo, assim como fizeram no dia anterior, no almoço e jantar.

Alphonsine tinha pensado em fazer as refeições em seu quarto, mas não se considerava uma covarde. O melhor mesmo seria enfrentar aquele problema de frente e fingir que ele era apenas um convidado como qualquer outro.

Havia-o evitado o máximo que pôde fora dos horários das refeições, e já imaginava que seria assim dali por diante. Ele havia aceitado sem reclamar o quarto que ela oferecera. Alphonsine, mesmo a contragosto, mandou descer do sótão os baús com os pertences de seu marido. Eles haviam sido enviados para lá há quase cinco anos e as roupas precisavam de uma boa limpeza antes de serem usadas, assim como os objetos pessoais dele. Ela os havia colocado lá, depois que decidiu se esquecer completamente dele. Então mandou subir tudo que trazia à sua mente a lembrança do seu marido. E quando finalmente já não se importava com ele, não viu motivos para tirar as coisas de lá.

Mas agora seu marido voltara.

Voltou a atenção para sua comida, mas estava sem fome. A lady olhou para o seu prato e remexeu a sopa de tartaruga com o talher, tentando se forçar a comer alguma coisa. Conseguiu engolir duas colheradas da sopa e mordiscou um pãozinho.

— Está sem apetite?

A pergunta de seu marido a fez erguer a cabeça e olhar para ele novamente.

— Eu, normalmente, fico sem apetite quando acontecem situações que fogem do meu controle — Alphonsine alfinetou.

Aquilo não era totalmente verdade. Sempre que ficava com os sentimentos à flor da pele, Alphonsine sentia vontade de comer. Entretanto, a presença de seu marido a afetava de um modo diferente. E isso era algo que ela não sabia explicar.

— Eu devo me desculpar por isso? — Elijah perguntou, sincero.

Alphonsine bufou.

Como se um pedido de desculpas resolvesse.

— Não traria meu apetite de volta — ela respondeu.

— De qualquer forma, sinto muito. Sei que minha presença lhe desagrada.

— E mesmo assim, insiste em permanecer aqui... — a mulher sussurrou, todavia, não foi tão baixo quando pensou e seu marido a ouviu.

— Sim, não pretendo ir a lugar algum. Talvez com o tempo não sinta tanta aversão.

Alphonsine bufou novamente.

— Não tenha vãs esperanças.

— Não serão vãs. — Elijah sorriu, confiante, não se deixando levar pelas respostas ásperas de sua esposa.

Ao ver que não conseguia irritá-lo, Alphonsine se levantou da mesa, cansada daquela conversa e frustrada com as respostas de seu marido.

— Com licença, irei me retirar, tenho assuntos a resolver em breve e devo me preparar. Quanto ao senhor, tente não ser inconveniente.

A mulher se retirou, o prato sendo deixado quase intocado sobre a mesa.

Por dentro, ela estava um turbilhão de sentimentos. Odiava seu marido e queria que ele fosse embora, mas sabia que aquilo não aconteceria, ainda mais por ter aceitado que ele ficasse por causa do bebê.

Apenas esperava que o restante daquele dia não fosse tão frustrante.

Capítulo 17

Se antes, a manhã de Alphonsine foi frustrada pela presença de seu marido, a ausência dele foi a causa da sua insatisfação ao se encontrar com lorde Hammilton naquela tarde, que se recusara a fechar qualquer negócio com ela sem a presença de lorde Crosbey. Ainda que ela mentisse ao dizer que estava agindo em nome do marido, o homem foi irredutível em aceitar fechar negócios com uma mulher.

Enquanto voltava para casa, ela retirou o relógio de bolso que havia roubado de seu marido, e olhou as horas.

Já se aproximava das quatro da tarde.

Alisou o metal desgastado pelo tempo e pelo uso e o guardou novamente no bolso de seu vestido.

Não conseguiu deter a lembrança da noite em que roubou o objeto.

Não mentiria para si mesma, o toque dele não lhe era repulsivo, pelo contrário, desde a noite em que estiveram juntos, ela não conseguia esquecer as sensações que ele causou ao tocar o corpo dela.

Era durante a noite que ficava mais difícil de ignorar as lembranças. E agora, ao saber que ele estava a algumas portas de distância, ficava apreensiva. Odiava o seu marido, mas temia não ser indiferente ao toque dele.

Se ele tentasse seduzi-la e levá-la para cama, tinha medo de não ter uma determinação tão forte para evitar de se entregar para ele noite após noite.

Respirou fundo e procurou se lembrar do motivo pelo qual ela devia manter o seu corpo — e o seu coração — o mais distante que fosse possível da cama daquele homem.

Não foi difícil voltar a odiá-lo quando o passado voltou à sua mente com lembranças dolorosas.

Eles haviam se apaixonado quando jovens. Desde que nasceu, ela estava prometida a lorde Crosbey, e no minuto que o conheceu, quando tinha quinze anos, se apaixonou por ele.

Elijah era um homem bonito, gentil e carinhoso, um cavalheiro perfeito, com uma visão romântica da vida. Ela compartilhava daquela visão e estava ansiosa para passar o resto de sua vida ao lado dele.

Entretanto, após a morte de lady Hawkish, era como se o seu noivo tivesse morrido junto. O homem amável, gentil e carinhoso tinha dado lugar a um homem frio e egoísta, cuja vida servia apenas para causar um escândalo após o outro.

Na época, Alphonsine havia acreditado que as mudanças eram devido ao luto e que ele estava perdido sem a mãe e pensou que com o tempo ele voltaria a ser o homem por quem ela tinha se apaixonado. Entretanto, mesmo dois anos após a morte de lady Hawkish, Elijah continuava a cometer um erro após o outro.

Ainda assim, Alphonsine não havia perdido a esperança. Tinha fé de que quando se casassem, ela poderia ajudá-lo a passar por aquele trauma e trazer de volta o homem bondoso que ele era.

Todavia, ela não teve a chance de redimi-lo, pois ele partiu para a guerra sem olhar para trás.

Demorou alguns meses e inúmeras cartas sem respostas, para Alphonsine perceber que ela nunca seria capaz de mudar um homem que não queria ser mudado. E quando percebeu que seu marido seria sempre aquele homem, sentiu seu coração se partir completamente e todos os sonhos que ela um dia teve com ele, foram enterrados juntos com o que restou do seu coração.

O tempo foi passando e Alphonsine percebeu que aquela ferida causada por Elijah, já não doía tanto. E aos poucos ela começou a se curar. Decidiu que não precisaria dele para ser feliz, e que não sofreria mais por homem nenhum.

Cumpriria os seus deveres de esposa, caso estes fossem solicitados e seria uma boa condessa quando ele herdasse o título, mas não cometeria o erro de amá-lo outra vez.

A carruagem parou em frente à sua casa e a trouxe de volta à realidade. Em qualquer outro dia, ficaria aliviada por estar em casa e desceria da carruagem em busca de algum bolinho na cozinha para amenizar a frustração que estaria sentindo e reclamaria dos seus problemas com a sua criada pessoal, mas naquele dia específico, sabendo que o seu marido estaria em algum lugar daquela casa, seus pés relutaram em descer os degraus e percorrer o caminho que provavelmente faria com que ela o encontrasse.

— Não seja covarde, Alphonsine — ela sussurrou para si mesma, tentando ignorar o retumbar acelerado de seu coração.

— Milady? — o criado a chamou ao abrir a portinhola e oferecer a mão como apoio para ela descer. — A senhora não vai entrar?

— Vou sim.

Alphonsine se ergueu e aceitou a ajuda oferecida, já sentindo falta de ter a casa somente para ela.

♥

Desde que chegara, Elijah tinha permanecido enfurnado no seu quarto. Sua esposa o evitou depois do almoço do dia anterior e, manteve um silêncio sepulcral no jantar. Naquela manhã, quando ele desceu para tomar o café, ao perguntar sobre a esposa, os criados informaram a ele que Alphonsine sempre estava indisposta pela manhã e não descia para o café desde que ficou grávida. Então, o homem teve que se contentar em fazer a sua refeição sozinho.

Lorde Crosbey teve esperanças de que conseguiria ter uma conversa civilizada durante o almoço daquele dia, mas o diálogo entre eles fora tão frustrante quanto o que teve no dia anterior, quando chegou.

Entretanto, ele sabia que não seria fácil e, portanto, não pretendia desistir. Não tinha ideia do que fazer para amenizar a tensão que se formaria quando estivesse novamente no mesmo ambiente que sua esposa, mas encontraria algo que pudesse usar para resolver a situação.

Cansado de ficar apenas no seu quarto e como Alphonsine havia saído, decidiu que andaria um pouco pela casa. Fazia anos que não voltava a Crosbey Manor, e queria ver as mudanças que a sua esposa havia feito.

Algumas ele já havia percebido, por terem sido óbvias, como a mudança do carpete e das cores de alguns cômodos e a troca de alguns quadros, mas ainda havia muitos quartos e cômodos para ele visitar.

Decidiu começar pela biblioteca, um dos lugares que ele mais gostava quando criança, costumava ficar muito tempo ali com sua mãe, ele adorava quando ela lia para ele.

— Milorde, o senhor precisa de alguma coisa? — A criada pessoal de Alphonsine apareceu na porta da biblioteca.

— Não. Estou apenas olhando tudo.

— A organização de lady Crosbey é impecável, o senhor não acha? Ela reformou esta biblioteca há três anos. Aumentando o acervo e tornando o lugar mais aconchegante e iluminado.

— Ficou muito bom — Elijah elogiou. Realmente aquele lugar havia ganhado um novo ar depois da reforma feita por sua esposa, entretanto, a biblioteca ainda tinha o mesmo cheiro que trazia a ele boas recordações, e ele ficou feliz por aquilo não ter mudado.

— Ela também redecorou o quarto principal, alguns quartos na ala oeste, os salões de jantar e baile e, também, deu um novo ar ao jardim frontal, mas esse acredito que o senhor já tenha visto quando chegou.

— Sim, o jardim ficou muito bem-ornado — Elijah comentou, havia visto o cuidado com que a área externa era tratada e gostou em demasia da cerca viva ladeando o caminho desde o pórtico até a entrada da casa.

— O senhor já conheceu os outros cômodos?

— Não, ainda não.

— Se me permitir, eu ficaria honrada em mostrá-los.

— Lady Crosbey não se importará? — Elijah perguntou, desconfiado.

— Oh, não, ela que me incumbiu de ser a sua guia e lhe mostrar a casa.

Elijah franziu o cenho, finalmente entendendo o porquê de a criada estar ali. Sua esposa tinha dado a ela a missão de distraí-lo e vigiá-lo, enquanto estivesse fora para que ele não tivesse a chance de fazer nada que a desagradasse. Contudo, seguiu-a, pois era melhor do que ficar preso no quarto.

Acompanhou a criada e aprovou a mudança na decoração de todos os cômodos, entretanto, não pôde deixar de notar que os quadros, cujos retratos pertenciam a ele, haviam sido removidos, sendo colocados no lugar retratos de flores, animais e paisagens. Tampouco havia quadros de lady Crosbey; na casa inteira, tinha apenas um que retratava sua esposa, e ficava no escritório.

Depois do *tour* pela casa com a criada enaltecendo sua patroa a cada passo, Elijah voltou para o quarto reservado a ele e ficou observando pela janela o retorno de Alphonsine.

Não sabia como seria quando sua esposa voltasse, apenas sabia que a ausência dela o deixava desconfortável, como se o tempo passasse sem que fosse aproveitado. Precisaria se ocupar com algum assunto ou enlouqueceria.

Lembrou-se da estufa que a mãe dele adorava. Não haviam saído da casa, então não vira como estava aquele lugar. Sempre ao final da temporada londrina seguiam para Bath e passavam o verão inteiro naquela casa, antes de voltarem para o Condado de Hawkish. A casa havia sido parte do dote de sua mãe e ela adorava aquele lugar, assim como ele.

Saiu de seu quarto e evitou ser visto, pois sabia que a criada pessoal de sua esposa não sairia do seu lado, caso o visse andando pela propriedade.

♥

Alphonsine seguiu diretamente para a cozinha, sentou-se na grande mesa da criadagem e os criados que trabalhavam na cozinha se assustaram, eles estavam acostumados com a presença da lady na cozinha, mas apenas para pedir alguns doces e logo em seguida ela se retirava. Ver a mulher sentar-se na mesa era algo inédito para eles.

Sua criada logo se juntou a ela na mesa.

— Está tudo bem, milady?

— Está, sim. Apenas decidi que vou comer os bolinhos aqui mesmo. Espero que não se importem.

— Claro que não, milady — a cozinheira respondeu, não ousando expressar o seu incômodo com a presença da lady no espaço reservado aos criados.

Uma das criadas, que ajudava na cozinha, colocou pratos e talheres em frente à Alphonsine e a cozinheira serviu o chá e biscoitos ali mesmo.

— Onde está o meu marido, Mirtes? — Alphonsine perguntou. Ela tinha incumbido a sua criada a missão de ficar de olho em Elijah, para ter certeza de que ele não tentaria ser o dono daquele lugar na ausência dela.

— Ele está em seus aposentos, milady, gostaria que eu o chamasse?

— Não! — Alphonsine percebeu que respondeu rápido e alto demais, então se repetiu de forma mais branda: — Não, não é necessário.

Faria tudo para se encontrar com o seu marido o mínimo possível, e se isso significasse que teria que passar mais tempo em seu quarto, ali se trancaria.

Não gostava da presença dele, mas não voltaria atrás com sua palavra. A casa era grande o suficiente para que não precisassem conviver o tempo inteiro no mesmo ambiente.

Desde que não o visse a todo momento, acreditava poder aturar a presença dele.

Alphonsine terminou de comer os seus bolinhos e beber o chá e se levantou da mesa.

— A senhora gostaria de mais alguma coisa, milady? — Mirtes perguntou, solícita.

— Queria que os homens parassem de nos ver como incapazes, mas creio que isso está fora do seu alcance, assim como está do meu.

— Temo que sim, milady — a criada respondeu, entendendo um dos motivos do desânimo de sua patroa. — Infelizmente não tenho esperanças de que haja mudanças nessa questão.

— Nem eu, e isso é desolador.

— É sim, milady.

Alphonsine suspirou, triste. Suas únicas companhias naquela casa eram os criados e criadas. Mirtes era a sua confidente. Ela a escutava e muitas vezes aconselhava sobre os mais diversos assuntos.

— Isso é tão errado. Minha palavra deveria valer tanto quanto a de qualquer homem, e dinheiro é dinheiro, independente de quem o carrega.

— Milady, essa agitação não faz bem para o seu bebê.

Alphonsine colocou a mão na barriga que ainda não tinha se alterado com a gravidez, às vezes se esquecia que estava grávida. Se não fossem pelos enjoos matinais e o aumento significativo do seu já enorme apetite, ela nem mesmo sentiria que estava gerando uma criança em seu ventre.

— Tem razão, Mirtes, talvez seja melhor eu não pensar mais nisso. Não quero causar mal a esse bebê.

— Por que não sobe e descansa um pouco? Posso ver que hoje foi um dia muito atribulado. Descansar fará bem para a senhora e para o bebê.

— Você está certa, mas não me sinto cansada e se eu me forçar a dormir agora, à noite ficarei insone. Então é melhor que eu me ocupe com algo.

— Um livro?

Alphonsine negou.

— Minha mente está muito agitada para que eu consiga me concentrar na leitura, me trocarei e irei para a estufa. Faz tempo que eu não vejo como estão minhas flores e cuidar delas me fará relaxar. Ainda devo ter uma hora de luz do dia para aproveitar.

Alphonsine deixou a cozinha e seguiu para o quarto junto com sua criada, assim que trocasse de roupa desceria para a estufa.

♥

Elijah estava abaixado entre hortênsias e margaridas, trocando o adubo dos vasos, quando ouviu passos na estufa. Estava prestes a se levantar para revelar a sua presença, quando notou que a pessoa que entrava era sua esposa. Ela tinha o semblante entristecido e ele desejou poder saber o que a abalava.

Era a primeira vez que via sua esposa tão infeliz e se perguntou se era por causa dele. Não queria causar a ela nenhum tipo de sofrimento, pelo contrário, seu intuito era consertar o que havia quebrado entre eles.

— Céus! O que faz aqui? — A voz assustada de Alphonsine o fez entender que havia sido descoberto.

Elijah se levantou devagar e limpou as luvas de couro no avental que usava.

— Este era o lugar preferido de minha mãe — Elijah respondeu, como se aquilo explicasse tudo. — Vejo que não mudou muita coisa e agradeço por isso.

Alphonsine não soube o que responder e agora que o local que sempre ia quando queria ficar sozinha estava ocupado justamente pela pessoa que queria evitar, decidiu que era melhor voltar para dentro.

— Então, não o perturbarei.

— Você nunca me perturba. Há espaço suficiente para nós dois aqui.

— Eu gosto de ficar sozinha, então, procurarei outro lugar.

— Se quiser, eu posso sair — Elijah se ofereceu, entretanto, a ideia o desagradava.

— Eu agradeço — Alphonsine concordou e Elijah engoliu seco.

Com um suspiro infeliz, Elijah pegou os materiais que usava e os colocou de volta na caixa de ferramentas, em seguida foi a vez de guardar as luvas e o avental.

Ele seguiu até a porta com o coração apertado, não queria se afastar dela. Queria poder conversar, entender o que a afligia e tentar ajudá-la. Queria fazer o correto dessa vez, queria agir como um marido de verdade, mas ela ainda não estava pronta para aceitá-lo daquela maneira. E ele sabia que tudo aquilo era culpa dele.

— Teve um dia ruim? — ele perguntou, esperançoso que ela o respondesse.

— Faz algum tempo que as coisas saíram do meu controle — ela comentou, fitando a muda de rosa no pequeno vaso à sua frente.

— Há algo que eu possa fazer?

Alphonsine suspirou. Estava acostumada a ficar sozinha com seus pensamentos, mas aquele homem era o responsável por suas atuais dificuldades, então ele deveria saber disso.

— Quando você estava na guerra, os homens aceitavam fazer negócios comigo. Agora que retornou, o mundo parece ter voltado a girar em torno de vocês. Apenas a palavra de um homem tem validade. Ninguém mais quer fechar acordos comigo.

— Sinto muito por isso. Se quiser, eu posso acompanhá-la nos seus negócios. Eles não ousarão negar nada a você na minha presença.

— Você não entende. Este é o problema. Eu não quero um homem aprovando ou permitindo minhas ações. Eu quero poder fazer negócios, independentemente de sua aprovação, que eu, e somente eu, seja a responsável por minhas empreitadas. Quero ter o meu nome, o meu espaço e que seja reservado a mim o mesmo respeito e autoridade que reservam a você. Não quero ter que negociar à sombra do meu marido. Não quero que ele tenha que concordar com o que digo para que o negócio seja realizado. Quero ter os mesmos direitos que você. Mas infelizmente isso nunca será possível. Porque vocês nos veem como objetos de decoração com meio cérebro e nenhum tato para negócios. Nós não podemos falar sobre economia, ter opiniões políticas, ou mesmo ser inteligentes, pois isso faz com que vocês se sintam ameaçados por nós. Não podemos ter nossas propriedades, e nossas filhas não podem ser eleitas como herdeiras unicamente pelo fato de terem nascido mulheres. Nós passamos a vida dependendo de vocês e servimos tal qual uma égua reprodutora, cuja única função é dar filhotes saudáveis e de preferência que sejam varões fortes e robustos. Temos que aprender a cozer, a bordar, a pintar, a cantar e tocar piano, somos ensinadas a falar francês e latim, a saber decorado todas as regras de etiqueta e comportamento, enquanto vocês aprendem sobre aritmética, política, economia, administração, botânica e muitas coisas infinitamente mais úteis. Eu estou cansada, Elijah, cansada desse mundo, dessa sociedade que só dá valor aos homens e que é regida por eles. Eu daria qualquer coisa para viver em um mundo ao qual as mulheres e os homens fossem tratados igualmente. Ambos tendo os seus direitos assegurados. Um mundo onde as mulheres também tivessem o direito a dar uma opinião e não fossem ridicularizadas por isso, tivessem direito à propriedade, à herança. Que pudéssemos ser mais que um objeto de troca em um acordo comercial que termina em um casamento. Queria ter nascido num mundo onde não mais fôssemos dependentes de vocês e que pudéssemos ser livres.

Alphonsine ficou em silêncio. Nunca tinha falado nada daquilo em voz alta e não se importou que o seu marido a achasse louca. Ela mesma se achava louca muitas vezes, quando sonhava com um mundo diferente daquele em que vivia. Eram sonhos tolos e impossíveis, mas não conseguia evitá-los.

Elijah ouviu as palavras de sua mulher com o coração apertado, o que ela queria era uma utopia, um sonho quase impossível. Ele suspirou, triste, não sabia o que poderia fazer para que aquela tristeza diminuísse.

— Eu devo parecer uma louca falando isso, mas é assim que as coisas são para nós.

— Eu não a acho louca — Elijah garantiu. — E não deve ser a única mulher a pensar assim.

— Bem, eu ainda não conheci nenhuma que se pareça comigo, mas não duvido que elas existam. Eu não devo ter sido a única a precisar administrar a própria vida quando os homens foram para a guerra.

— Acredito que não tenha sido fácil.

— Não. Eu não fui instruída a cuidar da parte administrativa e, muito menos, a financeira, eu não sabia nem por onde começar e se não fosse a ajuda, a paciência e a boa vontade do Sr. Halford eu jamais saberia como agir. Ele me ensinou tudo o que eu precisava saber. E depois, eu fiz o possível e dei o meu melhor.

— Você deu muito mais que o seu melhor. Eu jamais teria conseguido realizar suas façanhas. Você fez um trabalho incrível na casa, todas as melhorias são notáveis, e sem falar nos investimentos. E tudo isso conseguiu sozinha.

Alphonsine sorriu, mas o sorriso não chegou aos olhos.

— Algumas vezes, eu gostaria de ter tido um marido para eu não ter que me preocupar com nada. Ser apenas a mulher a cuidar da casa, a realizar eventos sociais, e a gerar filhos.

— Eu sinto muito por não ter sido um bom marido, mas se servir de algo, eu estou aqui agora e não a deixarei nunca mais. Se precisar de qualquer coisa, pode contar comigo.

Alphonsine olhou para Elijah e, pela primeira vez, desde que o seu marido havia voltado da guerra, ela ficou feliz por ter alguém com quem pudesse compartilhar seus dias. Não que o tivesse perdoado completamente, mas sentia que a presença dele já não era mais tão ruim assim.

Elijah sentiu que finalmente tinha feito algo certo. Então, para evitar estragar aquele momento, olhou para a planta à sua frente e percebeu algo.

— Essa planta era a mesma que ficava perto daquele pilar? — Ele apontou para o centro da estufa.

— Sim — Alphonsine afirmou, tentando se lembrar das

pequenas mudanças que fizera na estufa. — Se não estou enganada, eu a troquei de lugar na primavera passada, queria ver se a mudança de lugar a faria reagir e dar flores.

— Ela nunca deu nenhuma flor — Elijah comentou. — Minha mãe tentou diversos adubos e compostos para fazê-la florir, e ela nunca deu um broto sequer. Meu pai sempre dizia que era um desperdício mantê-la na estufa, mas minha mãe sempre respondia que ela iria florir quando estivesse pronta, e que para isso ela precisava ser cuidada adequadamente e receber todos os nutrientes necessários para seu florescer.

— Espero que sua mãe estivesse certa — Alphonsine comentou, olhando para a planta exótica.

— Sua criada me mostrou as mudanças que fez na casa. Fico feliz que elas não tenham se estendido à estufa — Elijah comentou e percebeu que Alphonsine franziu o cenho. — Não me entenda mal, as alterações na casa foram excepcionais, é que eu tenho boas lembranças deste lugar. E entrar aqui e ver que continua como sempre foi, me fez sentir que eu voltei para casa.

Alphonsine pensou em dizer a ele que aquela não era mais a casa dele, e sim a dela, mas não queria magoá-lo com aquelas palavras, então preferiu silenciar sobre aquele assunto.

— Eu não vi necessidade de mudanças aqui — ela explicou o motivo da inalteração, dando de ombros. — Gosto da estufa como está.

— Eu também — Elijah concordou, olhando ao redor e apreciando a enorme diversidade de flores que sua mãe havia plantado. Havia inúmeras exóticas, cujas sementes sua mãe plantara, e que agora já estavam enormes e floridas. Elijah sorriu, sentindo-se em paz pela primeira vez desde que retornara da guerra.

Ficaram até o sol se pôr, conversando sobre as espécies presentes na estufa, adubando alguns vasos, trocando outros por maiores e criando pequenas mudas.

Aquele fim de tarde acendeu em Elijah a esperança de que podiam voltar a ser amigos ou, com paciência, algo mais.

♥

Antes de dormir naquela noite, Elijah ficou pensando no desabafo de sua esposa sobre não ter os mesmos direitos que ele. Tentou se colocar no lugar dela para entender o que ela queria dizer, mas não conseguiu. Não enxergava a sociedade através dos olhos dela, e por isso não conseguia sentir o que ela sentia.

Havia pensado tanto naquela situação antes de dormir, que ele teve um sonho deveras estranho e assustador.

Elijah sonhou que vivia a vida de Alphonsine, e que sendo uma mulher, ele perdia todo o direito à herança e que começava a ser tratado como todas as mulheres.

Seu sonho permeou por diversas cenas, em todas elas, Elijah, em sua versão feminina, era ignorado pelos homens, desprezado e, algumas vezes, foi desrespeitado unicamente por ser mulher.

Quando acordou, na manhã seguinte, Elijah ficou pensativo e entendeu que não era fácil ser uma mulher.

Capítulo 18

Uma semana depois...

Elijah esperava ansioso a chegada de um livro que havia encomendado há alguns dias. Após o sonho incomum que teve, decidiu procurar entender mais sobre as mulheres e seus direitos e deveres, e por isso havia encomendado um livro sobre os direitos femininos e aproveitou para pedir uma cópia para sua esposa.

Queria entender Alphonsine e os problemas enfrentados por ela, para assim poder ajudá-la no que fosse preciso. Desde que ela desabafara com ele na estufa, as animosidades haviam arrefecido e eles estavam se entendendo bem. Não tinham brigado desde então, e tudo parecia estar fluindo de forma natural.

A presença dele já não parecia mais ser indesejada, pelo contrário, Alphonsine parecia realmente disposta a lhe dar uma chance de redenção a qual ele estava aproveitando da melhor forma que podia.

Não passavam o dia inteiro juntos, pois ela havia incumbido para si a responsabilidade de gerir a casa e isso demandava muito tempo do seu dia, mas se viam durante as refeições e conversavam sobre amenidades ou até sobre o dia um do outro.

Por ainda não ter assumido o título de conde, as principais atribuições do condado ainda eram responsabilidade de lorde Hawkish e não de Elijah, então, por enquanto, ele não precisava se preocupar com a administração de todo o condado, apenas das propriedades que já lhe pertenciam.

Aquela em Bath era apenas uma das três propriedades que a família possuía. As outras duas eram Hawkish House, em Londres e Hill Castle, que era a residência do atual conde e ficava a algumas horas de viagem dali.

Lembrar-se do pai o deixou um pouco pensativo. Ele ainda precisava encontrar-se com o homem para pedir desculpas, entretanto, sentia-se muito envergonhado para encará-lo. Ele tinha feito tantas coisas para machucá-lo, e agora se arrependia de ter agido como um tolo.

Se tivesse conhecimento dos planos de sua mãe, nada daquilo teria acontecido, e apesar de estar feliz por ter descoberto a verdade, aquilo ainda o magoava.

— Milorde? — o mordomo chamou sua atenção. — Uma carta para o senhor. O mensageiro está na porta, aguardando a resposta.

Elijah pegou a carta selada na bandeja e ficou curioso. Não tinha nenhum negócio com lorde Hammilton, para ser sincero, mal conhecia o homem.

A carta era sobre negócios. Perguntava de forma sucinta se ele iria dar ou não prosseguimento à compra de um imóvel em Bath.

Elijah suspeitou que havia sido aquele o motivo do desabafo de Alphonsine na estufa, uma semana antes. Ficou pensativo sobre o que responder. Poderia ele mesmo comprar o imóvel e depois o vender à sua esposa... não, era Alphonsine que queria fazer aquela transação, então ele faria o possível para que ela pudesse ser a responsável por aquilo.

Então, pediu um papel e uma pena e respondeu a carta de lorde Hammilton, de forma que o homem entendesse que era sua esposa que deveria ser contatada para aquela transação.

Assim que terminou de escrever, selou a carta e pediu que fosse entregue para o mensageiro.

Elijah preferiu manter segredo sobre isso quando sua esposa se juntou a ele para o almoço. Alphonsine já havia deixado claro que não queria a autorização dele em suas transações, então era melhor que não tivesse conhecimento de suas ações. Só esperava que ela não se chateasse muito quando descobrisse.

Entretanto, lady Crosbey não estava disposta a fingir que não sabia que ele havia recebido uma carta do homem com quem ela desejava tratar de negócios.

— Soube que recebeu uma carta hoje — ela comentou e Elijah paralisou do outro lado da mesa.

Elijah colocou de volta a colher no prato de sopa e suspirou, ele deveria ter imaginado que os criados contariam a ela sobre o mensageiro mais cedo.

— É verdade.

— Era algo importante?

Por imaginar que ela também deveria estar ciente do remetente, preferiu não mentir.

— Lorde Hammilton queria saber se eu ainda estava interessado em dar seguimento à compra do imóvel dele.

— E o que respondeu? — Alphonsine perguntou, um tanto preocupada.

— Por que você quer comprar um imóvel? — Elijah perguntou, ignorando a indagação dela.

— Eu pretendo abrir um hotel naquele lugar. O que respondeu? — ela insistiu.

— Um hotel? Parece interessante. — Elijah aprovou.

— Elijah! — Alphonsine perdeu a paciência. — Responda a minha pergunta.

— Foi por causa dele que ficou tão chateada semana passada, não foi? — ele perguntou, tentando adiar a resposta, estava apreensivo com a reação dela, mas ao ver o semblante irritado da esposa, decidiu que adiar só pioraria a situação. — Eu respondi a ele que esse assunto deveria ser tratado com você, e não comigo. Pois você é quem está interessada no local. Espero que não se chateie com minha interferência.

Alphonsine ficou um tempo em silêncio. E durante aqueles incontáveis segundos, Elijah temeu ter feito algo errado.

— Obrigada — Alphonsine respondeu simplesmente, voltando a comer como se nada tivesse acontecido.

— Sei que não é o que gostaria, uma vez que deixou bem claro que não tem interesse em ninguém fazendo negócios por você, mas quero que saiba que se precisar de minha ajuda, em qualquer assunto, eu ficarei feliz em poder ser útil.

— Eu sei. Passei anos responsável por mim mesma e fazendo tudo sozinha, vai ser um pouco difícil me acostumar com o seu retorno — Alphonsine respondeu, não havia nenhum tom acusatório na frase, era apenas uma constatação da verdade. — Mas agradeço por ter direcionado para mim a negociação do imóvel.

— Preciso assumir que fiquei preocupado com sua reação quanto à minha interferência.

Alphonsine sorriu. Havia notado que ele estava apreensivo quando ela comentou sobre a carta e o havia provocado de propósito. Imaginou que ele fosse evitar contar a ela pelo mesmo motivo.

— Não o culpo por precisar interferir, afinal, a carta partiu dele — Alphonsine explicou, enquanto voltava a sua atenção para o seu prato.

— Espero que consiga comprar a casa, um hotel é um negócio formidável, você é muito inteligente em investir no ramo hoteleiro em uma cidade como esta.

O elogio fez Alphonsine sentir um calor subir por suas bochechas, nunca imaginou que precisasse da aprovação de alguém, mas ter seu marido notando os seus feitos e elogiando suas escolhas foi delicioso. Ainda corada e aquecida por dentro, sorriu para ele. Cada dia a companhia dele se tornava mais agradável.

Ele realmente estava disposto a se redimir e aos poucos conseguia realizar o seu intuito.

♥

Na manhã seguinte, Alphonsine recebeu uma carta de lorde Hammilton, repetindo a pergunta que havia feito para Elijah. Ela sorriu e respondeu, informando que continuava interessada no imóvel.

Sabia que o marquês de Hammilton estava endividado e que aquela era uma das propriedades que ele colocara à venda, então aproveitou para convidá-lo para tomar um chá, assim poderiam conversar sobre ela e fechar negócio.

Ficou tão animada, que não conseguiu evitar de comentar sobre a reunião com o seu marido.

— Que maravilha! — Elijah respondeu, com um sorriso sincero, após saber que ela tomaria chá com o lorde Hammilton naquela tarde para tratar da venda da Notham House. — Vai conversar sobre as outras propriedades também?

— Pensei, mas tenho interesse apenas nessa em Bath, por enquanto. Como soube das outras propriedades?

— Depois dessa manhã, não é segredo para ninguém que o homem está falido. Saiu na coluna de fofoca do Correio Londrino. Não foi difícil de associar as iniciais JHH com lorde Hammilton, depois que a cronista citou que ele deve se apressar em vender a propriedade para quitar as dívidas, antes que os cobradores apareçam em sua propriedade, em Hampshire.

— Ficou mesmo óbvio. Não imaginei que gostasse de ler colunas de fofocas — Alphonsine comentou, surpresa.

— Peguei o hábito de acompanhar quando aparecia nela toda semana. Acabei tomando gosto. Sempre quis saber como essa mulher consegue tantas informações e tão rapidamente. Ela deve estar em todos os lugares ao mesmo tempo.

— Talvez tenha uma rede de espiões — Alphonsine sugeriu.

— É possível — Elijah concordou, gostando da especulação de sua esposa.

A conversa entre eles na estufa há alguns dias havia sido responsável por criar uma trégua, e agora que não precisavam se incomodar com a presença um do outro, a convivência se tornara muito agradável.

Alphonsine era uma mulher irônica e que falava o que pensava. E Elijah descobriu que gostava dessas características. Elijah observou sua esposa.

Ela havia ganhado alguns quilos por conta da gravidez, e estava com as bochechas rosadas e redondas, desde que estivera com ela em Londres. Ela ficava cada dia mais linda, em especial os seios, que pareciam estar ainda maiores. Os cabelos castanhos tinham adquirido um brilho todo especial, assim como seus olhos e sua pele. A mulher parecia cintilar. Elijah sorriu. *Ela era tão perfeita.*

— Como está o bebê hoje? — ele perguntou, querendo que a conversa entre eles se estendesse mais um pouco.

Alphonsine terminou de engolir o pedaço de carne com pão que havia colocado na boca e, acariciando a barriga por cima do vestido, respondeu:

— Ele está bem. Eu acho. Segundo o médico, estamos na sétima semana, mas eu sei bem a data em que ele foi concebido, então acredito que estamos na nona semana.

Elijah tentou não pensar em como o seu filho fora concebido e falhou miseravelmente. Entretanto, ao se lembrar da forma que tratou sua esposa e como agiu quando estavam na cama, se envergonhou. Havia-a tratado como se fosse uma prostituta.

— Oh, céus. — Ele ficou lívido, imaginando o quão desonroso havia sido.

Alphonsine observou o rosto envergonhado do seu marido e franziu o cenho.

— O que houve?

— Eu lembrei como o nosso filho foi concebido e percebi que a tratei como uma prostituta. Nem mesmo me importei com o seu bem-estar. Perdoe-me por tê-la machucado.

Alphonsine riu diante daquilo. Ele não a havia machucado, pelo contrário, ela até havia aproveitado as noites que esteve com ele.

— Não se aflija, você não me machucou de nenhuma forma.

Elijah ficou aliviado, mas logo outro pensamento o deixou

inquieto. Ele não havia consumado o casamento no dia que se casou com ela, então sua esposa deveria ser virgem.

— Eu não a machuquei... Pensei que fosse virgem. — Elijah ficou confuso. — Ou, pelo menos, você deveria ser, já que não consumamos o casamento.

Alphonsine franziu o cenho.

— Você não se lembra da consumação?

Elijah tentou trazer ao presente as suas memórias sobre aquele dia.

— Eu me recordo da cerimônia e do início da festa, e depois lembro que eu acordei sozinho no quarto de hóspedes. Eu consumei nosso casamento?

— Eu deveria ter imaginado. — A mulher suspirou, nenhum pouco surpresa.

— Eu sinto muito se a fiz sofrer na sua primeira vez.

— Elijah, você bêbado foi muito mais gentil do que quando estava sóbrio durante nosso noivado — alfinetou, mas ao perceber a mágoa no olhar do marido, abrandou a voz. — Minha noite de núpcias não foi um desastre, se é isso que pensa.

— Céus. Perdoe-me. Eu sou um idiota.

— Ainda bem que reconhece.

— Perdoe-me.

— Esqueça isso. Já faz muito tempo.

Elijah se sentia péssimo. Não se lembrava da primeira vez, e nas outras vezes ainda a confundira com uma prostituta.

— Eu peço o seu perdão não apenas por não ter me lembrado de nossa consumação, mas também por tê-la confundido com uma prostituta nas vezes que estivemos juntos.

Alphonsine deu de ombros.

— Eu não tenho rancor dessas noites. Se tivesse me reconhecido, nunca teria dormido comigo. Apesar de eu não saber como pôde não me reconhecer.

Elijah sorriu, sentindo que ela não estava mais enfurecida.

— Eu me faço a mesma pergunta. — Elijah a fitou. Ela era linda demais para passar despercebida. Sua desculpa era que via apenas aquilo que queria ver e que estava bêbado e ela, muito maquiada. — Mas de qualquer forma, peço que me perdoe por não a ter tratado como uma esposa merece.

—Está bem, eu o perdoo por ter sido um péssimo marido na cama.

— Obrigado. Espero que um dia permita que eu me redima quanto a esse assunto também.

— Não tenha ideias tolas. — Alphonsine riu e voltou a saborear sua refeição.

Elijah a imitou e olhou para o próprio prato, porém sua mente estava mais sedutora do que a comida, e não conseguiu parar de imaginar as inúmeras formas de se redimir na cama com Alphonsine.

Agora que havia despertado a lembrança em sua mente, não conseguia deixar de pensar em sua esposa de quatro na cama e aquilo acordou também outra parte do seu corpo. A vergonha de tê-la tratado como uma prostituta, fora substituída pelo desejo de tomá-la novamente, só que dessa vez da forma correta.

— O que está pensando? — Alphonsine perguntou, ao ver que ele estava fitando o pernil em cima da mesa com o olhar distante e sem tocar na comida.

A pergunta o tirou do torpor e ela teve o prazer de ver o seu marido corar.

— N-nada. Perdoe-me. — Elijah pegou um pedaço da torta de carne em seu prato e o pôs na boca.

— Lorde Crosbey, sei que estava pensando em alguma coisa. Fiquei curiosa. Conte-me, não seja tímido. Acredito que tenhamos nos tornado amigos.

Elijah pensou rapidamente no que dizer e optou por algo que não lhe traria consequências ou que ao menos teria menos chances de estragar a amizade frágil que havia iniciado entre eles.

— Eu estava pensando apenas em como você tem ficado mais linda a cada dia. A gravidez lhe fez muito bem.

Dessa vez foi Alphonsine que corou. Não esperava aquele elogio do seu marido. Imaginou que com o aumento do seu peso, ela tivesse ficado menos atraente, mas aquelas palavras foram o suficiente para fazê-la se sentir bonita outra vez.

— Oh, bem, obrigada. Você irá tomar chá conosco?

— Chá?

— Sim, o lorde Hammilton virá, lembra-se?

— Ah, se você não se importar com minha presença, eu ficarei feliz em participar.

Alphonsine respondeu com um sorriso que fez o coração de Elijah se aquecer. Ele estava ali para fazer a esposa se apaixonar por ele e já estava completamente apaixonado por aquela mulher. E só havia se passado pouco mais de uma semana que estavam juntos.

O sentimento que ele pensou ter morrido, consumido pelo ódio e transformado em cinzas pela vingança, renascia em seu peito, com intensidade redobrada.

Capítulo 19

Alphonsine estava ansiosa com a chegada de lorde Hammilton, por isso não saía da janela. Queria poder vê-lo chegar. Faltavam cinco minutos para às cinco horas, e ela esperava que o homem não fosse dado a atrasos.

Elijah observava, sentado tranquilamente no sofá, sua esposa alisar as saias do vestido a cada dois minutos e logo em seguida ela torcia o leque em suas mãos, enquanto fitava a janela. Ela estava evidentemente nervosa. Não tirava, nem por um segundo, os olhos da estrada que lorde Hammilton deveria percorrer para chegar ali.

— Estou começando a ficar enciumado por você estar tão ansiosa pela chegada de outro homem — ele comentou, a olhando por cima do jornal aberto.

— O quê? — Alphonsine ficou confusa com aquelas palavras.

— Você está aí, toda nervosa esperando a chegada dele. Enquanto eu fui recebido com paus e pedras.

Alphonsine franziu o cenho diante daquela acusação, mas logo percebeu o sorriso no canto da boca de seu marido e entendeu que ele estava debochando dela.

— Você não tinha um imóvel que era do meu interesse — ela respondeu.

— Então esse é o segredo para ser esperado com tanta emoção? — Se divertindo com a conversa, Elijah abaixou o jornal e o fechou em seu colo, fingindo estar abismado.

— Esse é o segredo para que eu o convide para um chá — Alphonsine corrigiu.

— Interessante. — Elijah sorriu com a brincadeira. — Então o que acha de marcarmos alguns durante a semana, para falarmos das propriedades não atreladas ao título da minha família?

— Não acredito que seu pai esteja interessado em vendê-las.

— Mas em breve o título passará para mim, e talvez eu tenha tal interesse.

— Não se vende o ovo ainda dentro da galinha, lorde Crosbey — Alphonsine troçou.

Elijah riu da resposta de sua esposa.

— Eu iria parabenizá-la por tal comparação, mas logo eu serei a galinha e não acredito que ser comparado a uma ave tão comum, seja um elogio.

— Galinhas são criaturas adoráveis — Alphonsine discordou.

Elijah estava prestes a responder, quando ouviram o galopar dos cavalos nas pedras que calçavam a entrada de Crosbey Manor. Alphonsine rapidamente se virou para a janela e constatou que o marquês de Hammilton havia acabado de atravessar o pórtico de entrada.

Ela rapidamente saiu da janela, para não ser vista e se sentou na mesa de chá, arrumando o seu vestido e esperando o momento em que o mordomo o anunciaria e o marquês entraria na sala para fazerem negócios. Elijah, por sua vez, apenas abriu o jornal e fingiu que estava compenetrado na leitura.

Não demorou muito e o mordomo apareceu na porta e informou a presença do marquês, que finalmente entrou na sala.

— Lorde Hammilton, seja bem-vindo. — Alphonsine se levantou, fez uma breve reverência, em seguida, estendeu a mão enluvada para o homem que a tomou e depositou um beijo casto. — Já deve conhecer o meu marido, lorde Crosbey.

— É claro, milady. — O homem se virou e acenou com a cabeça para Elijah, que retribuiu o gesto sem se levantar. — Pensei que o senhor não participasse dos negócios de sua esposa.

Elijah abaixou o jornal, antes de responder:

— Estou aqui como uma peça de decoração, milorde. Senti que faltava um pouco de masculinidade no ambiente e minha presença resolveria esse pequeno detalhe. Portanto, não se preocupe comigo, continuarei a ler meu jornal e não interferirei em seus assuntos, fique à vontade para negociar com minha esposa.

Elijah voltou a erguer o jornal e se escondeu atrás do papel, fingindo ler as notícias que havia ali.

Alphonsine deu um pequeno sorriso ao ouvir a resposta do marido e chamou a atenção do marquês para si.

— O senhor aceita um pouco de chá, milorde? — Alphonsine ofereceu.

— Não, digo, sim, eu aceito. — O homem parecia nervoso. — Céus, eu não sei como devo proceder.

— Se preferir um charuto e uma dose de uísque, eu posso providenciar.

— Eu jamais fumaria na presença de uma dama — o homem respondeu, ultrajado, e Alphonsine suspirou. Seria mais difícil do que pensou.

— Para evitar mais incômodos, sejamos diretos. Estou interessada em comprar o imóvel que o senhor está vendendo aqui em Bath. Pretendo abrir uma rede de hotéis que serão referência em luxo e praticidade e sua mansão terá o privilégio de ser a matriz.

Lorde Hammilton se sentou na cadeira à sua frente e um lacaio serviu o chá para ele. Em seguida, a negociação se iniciou.

Elijah observou sua mulher negociar com maestria o valor das duas casas, e apesar de se sentir ultrajado cada vez que Alphonsine se recusava a pagar o valor inicial, o homem baixava o valor ao perceber que ela sabia de cada problema presente na propriedade à venda.

Quando finalmente lorde Hammilton aceitou o valor

proposto por Alphonsine, que se manteve séria durante toda a negociação, ela abriu um sorriso estonteante.

Os papéis foram passados e assinados, e Alphonsine entregou ao homem uma nota bancária para que o valor fosse entregue ao lorde pelo banco.

— Foi um prazer fazer negócios com o senhor, lorde Hammilton. — Alphonsine estendeu novamente a mão, quando se despediu do homem.

— Eu queria poder dizer o mesmo, milady, mas a verdade é que não queria vender minhas propriedades. E espero que não se ofenda, mas quando me perguntarem, direi que fiz negócios com o seu marido.

— Não me ofenderei. — Alphonsine estava empolgada demais por ter conseguido o imóvel, para se importar com qualquer coisa que fosse.

Quando o homem partiu, Elijah dobrou o jornal e se levantou do sofá. Estava com as pernas dormentes por ter ficado tanto tempo sentado na mesma posição. Ele se aproximou de Alphonsine, que estava na parada na porta, e tocou-lhe o ombro.

A mulher se virou para ele com um enorme sorriso no rosto e, para a surpresa de Elijah, o abraçou, agarrando-se ao seu pescoço e dando pequenos pulinhos.

— Eu consegui! Elijah! — ela anunciou e então se deu conta de que o agarrava. — Oh, céus, perdão.

Elijah não permitiu que ela se soltasse dele. A pegou pela cintura e a rodopiou no ar, comemorando com ela.

— Eu sempre soube que conseguiria. Minha esposa não é a melhor negociante da Inglaterra sem motivos. Eu estou muito orgulhoso de você e devo confessar que um pouco assustado. Você é uma diaba negociando.

Alphonsine riu abertamente das palavras dele.

— Eu estava tão nervosa — ela admitiu.

— Você estava perfeita.

Alphonsine sorriu para o marido e percebeu o quão perto seu rosto estava do dele. Ele tinha sido tão gentil ao dizer que era apenas parte da mobília e não interferir nos negócios dela. Ele merecia um beijo. *Seria tão fácil apenas erguer-se na ponta dos pés e juntar os lábios com os dele.*

Ela mordeu o lábio, pensativa, imaginando como seria beijá-lo naquele momento. Um beijo para mostrar que estava feliz. Só um único beijo e nada mais.

Elijah notou a intenção no olhar dela quando ela fitou sua boca. Ele sentiu o enorme desejo de abaixar a cabeça e diminuir a distância entre eles, mas sabia que não poderia fazer aquilo. Teria que partir dela. Então esperou ela se decidir. Quase perdeu o controle ao vê-la morder o próprio lábio e não poder ser ele a acariciá-la daquela forma. Mas sua paciência foi recompensada quando ela se ergueu na ponta dos pés e, fechando os olhos, uniu os lábios ao dele.

O beijo casto que ela deu foi a carícia mais doce e o prazer mais breve que Elijah sentiu na sua vida.

Alphonsine afastou seus lábios dois segundos após beijá-lo e logo em seguida se desvencilhou dele.

— Obrigada por sua cooperação hoje — ela agradeceu e saiu da sala com pressa.

Enquanto corria para o quarto, seu coração retumbava em seu peito. Um simples roçar de lábios a fez desejar se entregar para o seu marido. Ela mal havia encostado a boca na dele quando a imagem dos dois juntos no chão daquela sala possuiu seus pensamentos e ela percebeu que se o beijasse, se permitisse que o beijo acontecesse, ela estaria completamente à mercê dele. Sentia que todo sentimento que enterrou e acreditou ter superado, estava esperando apenas um toque para ser libertado.

Ela acabava de ultrapassar um limite perigoso, mas rezava para que ainda não fosse tarde demais para voltar atrás.

♥

Elijah viu sua mulher fugir e demorou cinco segundos para entender o que acontecia, antes de segui-la pelo corredor. Ele a alcançou quando ela estava colocando a mão na maçaneta da porta para entrar no quarto.

— Alphonsine — ele a chamou, querendo que ela olhasse para ele, mas ela não se virou. — Não precisa fugir.

— Não estou fugindo.

— E o que está fazendo?

A sua esposa respirou profundamente e soltou o ar devagar.

— Beijá-lo foi um erro.

— Por quê?

— Porque eu lhe avisei que não seríamos como marido e mulher.

— Eu sei, mas é isso mesmo que você quer?

— Sim — ela respondeu, ainda de costas para ele.

— Está mentindo. — Ele se recusou a acreditar nela. — Olhe para mim. Fale isso olhando nos meus olhos.

Alphonsine fez o que ele falou, e o olhou nos olhos.

— Eu não quero ser...

Antes que ela pudesse terminar a frase, Elijah segurou a lateral do rosto dela e desceu os próprios lábios, capturando a boca dela em um beijo.

Diferente do beijo casto que ela lhe havia dado, Elijah a beijou com desejo. Ele havia sentido que ela o desejava, e a faria admitir a verdade para si mesma.

Sentiu que ela resistia ao seu beijo, mas não desistiria. Provocou os lábios dela com a língua até que ela se rendesse.

Alphonsine resistiu o quanto pôde, mas quando ele mordiscou o lábio dela e a mão dele agarrou a sua cintura, a fazendo encaixar-se perfeitamente no corpo dele, ela perdeu a batalha.

Ela tinha gosto de chá de hortelã e ele amou. Saboreou a língua dela sentindo pequenas vibrações atravessarem o próprio corpo e se direcionarem para a frente de suas calças onde um volume começou a se formar por causa da excitação.

Ele a queria, e não apenas para um beijo. Entretanto, sabia que aquilo era apenas o que poderia dar a ela naquele momento. Não ousaria ir além daquilo por medo de perdê-la completamente.

— Tem certeza?

Alphonsine demorou para entender ao que ele se referia. O beijo havia turvado sua mente e desestabilizado sua decisão.

Respirou fundo para se acalmar e tentar pensar com clareza.

— Sim — respondeu, erguendo o queixo. Ela não iria ceder facilmente. Eles não seriam marido e mulher.

Elijah a beijou novamente com ainda mais fervor. Passeou as mãos pelo corpo dela, apertou o traseiro e depois enfiou uma mão nos cabelos, fazendo com que ela inclinasse a cabeça para que ele tivesse acesso ao pescoço dela. Beijou e lambeu a pele sensível e alva daquele lugar e então repetiu a pergunta no ouvido dela:

— Não quer mesmo ser a minha esposa?

Ela demorou a responder. Seu corpo estava quente e o meio de suas pernas pulsava desesperado por atenção e isso a impedia de pensar racionalmente.

O lorde a beijou novamente, impedindo-a de formular uma resposta e dessa vez ela retribuiu o beijo com o mesmo desejo com o qual seu marido a beijava.

— Não — ela sussurrou nos lábios dele, e a resposta não passou de um gemido, era o não mais fraco que ele já ouvira, mas ainda era um não.

Ele mordiscou o pescoço dela e desceu a boca para os montes eriçados que apareciam por cima do decote.

Alphonsine agarrou os cabelos dele ao sentir o caminho que ele percorria. Se continuasse assim, ele chegaria a seus seios. Ela deveria pará-lo antes que não conseguisse mais se afastar. Entretanto, seu corpo se negava a interromper aquele prazer e fazia exatamente o contrário do que deveria.

Elijah já estava duro. Muito duro e sabia que ela também estava excitada. Exatamente como ele queria. Estava sendo um crápula por manipular o desejo dela contra ela mesma, mas não se importava em usar tudo o que pudesse para fazê-la ser novamente dele. Ainda que precisasse usar de artimanhas nada cavalheirescas.

— É uma pena, porque eu daria qualquer coisa para ser o seu marido de verdade. Poder continuar a tocá-la, levá-la ao céu quantas vezes você quisesse. Se eu fosse o seu marido, iria adorar o seu corpo e venerar os seus gemidos, mas só se você me quisesse e aceitasse ser minha mulher.

Alphonsine estava trêmula e arfante. E ao ouvir as palavras dele, ficou indignada e entendeu o que ele havia feito. Infelizmente, a fúria não diminuiu seu desejo, pelo contrário apenas o aumentou.

— Seu bastardo. Você me deixou assim de propósito, para que eu dissesse sim.

Elijah tentou fingir inocência, mas falhou miseravelmente. Sua mulher era esperta demais para se deixar levar por suas expressões fingidas.

— Eu a quero, Alphonsine, a desejo com uma intensidade que chega a doer. E se para conseguir tê-la, eu tenha que apelar para o desejo e seduzi-la, eu o farei sem arrependimentos.

Alphonsine pensou em mandá-lo para o inferno, mas o desejava tanto quanto ele a ela. Talvez uma única noite fosse suficiente para acabar com aquele fogo que a consumia.

— Eu o odeio.

— Mas seu corpo me deseja. — Elijah provou isso ao percorrer os dedos pela pele dela e senti-la se arrepiar. — Você anseia o meu toque. Por que não se dar tudo o que deseja?

Elijah beijou o pescoço dela e Alphonsine esqueceu por alguns instantes o que iria falar. Precisou se esforçar para conseguir voltar a dialogar.

— Você é desprezível, me manipulando desse jeito para que eu o deseje.

— Você me beijou primeiro, eu só continuei de onde parou.

Elijah continuava provocando-a com a boca e as mãos. Alphonsine já não conseguia resistir ao desejo que a atormentava.

— Eu nunca irei amá-lo novamente — ela avisou, enquanto procurava a maçaneta em suas costas e abria a porta para que eles saíssem do corredor.

— Eu sei — Elijah respondeu, com um sorriso. Tê-la na sua cama naquele momento era suficiente. A faria se apaixonar depois.

Capítulo 20

Elijah voltou a beijá-la, quando a porta do quarto foi fechada. Agora ele poderia fazer tudo o que quisesse com sua mulher.

Alphonsine gemeu quando as mãos dele agarraram os seios dela por cima do vestido. Ele interrompeu o beijo e observou o corpete. Enfiou os dedos por cima do decote e puxou o vestido para baixo, expondo um pouco mais do topo dos seios.

Elijah abaixou a cabeça para aqueles montes gêmeos e lambeu o vale entre eles. Alphonsine inclinou a cabeça para trás, se deliciando com aquele toque. Em seguida o homem pegou suas mãos e lentamente retirou sua luva. Ele depositou beijos em cada pedaço de pele que ia sendo exposta. Até chegar às pontas dos dedos, as quais ele enfiou na boca e chupou delicadamente.

— Vire-se — ordenou com suavidade e Alphonsine semicerrou os olhos para ele, sem entender o motivo de ter que se virar. — Se não se virar, não vou poder tirar o seu vestido. Eu a quero completamente nua para admirá-la e venerá-la como merece.

Alphonsine engoliu seco e se virou, aquelas palavras lascivas a deixavam quente. Sentiu quando ele começou a desamarrar peça por peça.

Seu vestido foi ao chão depois de alguns minutos, Elijah beijou o pescoço dela, enquanto terminava de desamarrar os laços do espartilho. Quando a peça se juntou à anterior, Alphonsine sentiu as mãos do seu marido espalmarem-se sobre seus seios e os dedos dele rodearam os mamilos que rapidamente se retesaram sob o toque ele.

A mordida em seu pescoço a fez pular quando o choque percorreu seu corpo e se instalou no meio de suas pernas a deixando molhada.

— Você é tão deliciosa. — Alphonsine sentiu algo duro pressionar o seu traseiro e a fricção que se seguiu a fez gemer. — Veja o quanto você me atormenta.

Elijah desceu a mão pelas camadas de roupa que ainda restava, queria tocá-la no meio das pernas, mas ainda tinha muito pano.

— Erga os braços — ele ordenou e Alphonsine o obedeceu.

A chemise e a anágua saíram juntas e a pantalona foi removida logo em seguida. Alphonsine ficou apenas com as meias de seda em seu corpo.

A sensação em sua pele completamente despida era mil vezes mais intensa do que quando o toque se dava por cima das roupas. Quando sentiu as mãos de Elijah sobre seu seio, suas pernas tremeram e um gemido saiu de sua garganta. Sentia todo o seu corpo arrepiado e o centro de suas pernas estava pulsando, desesperado.

Como se soubesse o que sua esposa queria, Elijah desceu os dedos pela barriga dela e continuou descendo até encontrar os pelos macios que recobriam o monte de vênus. Desceu ainda mais até encontrar as dobras úmidas de Alphonsine e, quando o fez, sua esposa tremeu sob o toque hábil dele.

Elijah encontrou o ponto rígido no topo da intimidade de Alphonsine e massageou ali, fazendo-a se contorcer em seus braços. Os gemidos de sua esposa o excitavam até o limite, mas ele queria que ela tivesse sua liberação ali, em pé. Então ignorou o desconforto em sua calça e continuou a tocá-la até que a sentiu se contrair e relaxar ao atingir o êxtase.

Ele a colocou sobre a cama e a beijou voluptuosamente, antes de se afastar e começar a retirar a própria roupa. Elijah arrancou rapidamente o seu casaco e o jogou no chão. Em seguida removeu o colete e a camisa, expondo a parte superior do seu corpo.

Alphonsine observava seu marido se despir e já ansiava pelo que viria depois. Observou-o remover o sapato e as meias, ansiando que ele não se demorasse. Quando Elijah removeu a calça, Alphonsine espantou-se ao notar que ele não usava nada por baixo daquela peça.

O homem à sua frente estava completamente despido e indubitavelmente pronto para possuí-la. A ereção dele se erguia enrijecida e pulsante por entre os pelos escuros. Alphonsine pôde notar as veias na extensão grossa do membro do seu marido e lembrou-se de quando o teve em sua boca.

Havia sido uma experiência estranhamente excitante. Ela se ergueu nos cotovelos para observar melhor aquela parte deliciosa da fisionomia dele, e lambeu os lábios em expectativa.

Elijah quase perdeu o controle ao vê-la olhando para a rigidez dele com tanto desejo. Mas ela não era uma prostituta a qual ele poderia fazer tudo o que quisesse, ela era sua esposa e ele deveria respeitá-la. Entretanto, a lembrança dela com a boca em seu pau era muito difícil de ignorar.

— Você quer acariciá-lo? — ele perguntou, desejando que ela dissesse que sim e sorriu quando ela se sentou mais perto e ele entendeu que ela queria.

Elijah se aproximou da cama para que ela pudesse tocá-lo e ficou surpreso quando ela rodeou seu membro com os lábios. Não conseguiu evitar gemer e arfar ao sentir o calor e a maciez da boca de sua esposa.

— Inferno. Maldição, mulher! — ele gemeu, quando ela começou a movimentar a cabeça, fazendo-o entrar e sair da boca dela. — Assim eu ficarei louco. Que boca deliciosa

Não demorou muito e Elijah sentiu que estava perto de alcançar o próprio orgasmo, então preferiu erguer sua esposa, antes que ela continuasse a provocá-lo e ele não resistisse ao impulso de derramar a sua semente na boca dela.

Elijah a empurrou gentilmente para a cama e se posicionou em cima dela voltando a beijá-la. A tocou em suas dobras apenas para garantir que ela já estava molhada o suficiente para recebê-lo, e assim que constatou tal fato, a penetrou lentamente.

A mulher gemeu de prazer quando o sentiu penetrá-la. Ele a alargava e preenchia com sua rigidez, e à medida que se movia para dentro e para fora dela, o corpo de Alphonsine se contraía e retesava se preparando para um novo clímax.

Elijah já estava no seu limite, e quando sentiu sua esposa se apertar ao redor do seu membro, não conseguiu mais se segurar e com um grunhido alcançou o seu prazer, se derramando dentro dela.

Alphonsine ainda sentia as vibrações de seu prazer passando por seu corpo, quando ele se retirou de sua intimidade e deitou-se ao seu lado. O orgasmo a deixava sonolenta, mas ainda era cedo para dormir.

Elijah a puxou para o seu peito e começou a fazer carinho nas costas de sua esposa, completamente satisfeito.

— Isso não muda nada — a mulher sussurrou, após alguns minutos de silêncio. — Ainda o odeio.

Elijah a abraçou e enfiou o nariz nos cabelos de sua esposa.

— Desde que possamos continuar a fazer isso, não me importo. — Elijah abriu um sorriso sedutor — Pode me odiar o quanto quiser na cama.

Alphonsine se desvencilhou do abraço dele e se levantou.

— O jantar será servido em breve e não quero me atrasar, então se o senhor puder se vestir eu ficarei grata — Alphonsine informou, enrolando-se no robe de seda. — E não, lorde Crosbey, não iremos continuar a fazer isso. Uma vez foi suficiente para saciar o meu desejo. Não espere estar novamente em minha cama.

♥

Alphonsine sabia que havia perdido a batalha, mas ainda se recusava a entregar o restante da guerra. Tinha ido para a cama com seu marido e havia sido maravilhoso como das outras vezes, porém, não pretendia deixar-se ser seduzida novamente por ele. Aquela fora a última vez que ele havia estado na mesma cama que ela.

Apesar de tê-lo mandado embora de seu quarto, usando a desculpa da refeição, Alphonsine pediu que a criada informasse que ela iria jantar no quarto. Não estava disposta a passar mais nenhum segundo daquela noite encarando o seu marido. Precisava se recompor de toda a confusão que o toque dele causara em seu corpo e sua mente.

Ele chegara a pouco mais de uma semana e ela já se entregara a ele. Como era fraca.

Maldito homem por ser tão bonito.

Na manhã seguinte, acreditou que conseguiria encarar Elijah e fingir que nada havia acontecido, mas bastou ver um sorriso malicioso nos lábios dele, que ela mudou a direção e passou a evitá-lo o restante do dia. O toque dele ainda estava muito fresco em sua memória para que ela pudesse encará-lo sem que as lembranças a deixassem vergonhosamente enrubescida.

Apenas depois de três dias, após se obrigar a ficar no mesmo ambiente que ele, sob a desculpa de que não deveria dar tanta importância ao encontro carnal que tiveram, desceu para almoçar com o seu marido.

Iniciaram a refeição após se cumprimentarem formal e educadamente. O silêncio que se seguiu foi desconfortável e Elijah decidiu quebrá-lo.

— Fico feliz que tenha decidido parar de me evitar.

— Não me provoque — Alphonsine respondeu, entredentes. Entretanto, pensando melhor, seria mais interessante que ele a irritasse, assim, ela não corria grandes riscos de voltar a gostar dele.

Elijah suspirou e limpou a boca com um guardanapo, em seguida chamou um criado e sussurrou algo inaudível.

— Moramos na mesma casa e você conseguiu me evitar durante três dias. É um feito e tanto.

— O tamanho desta casa favoreceu o meu feito.

— Percebo. E, também, gostaria de me desculpar por deixá-la tão desconfortável a ponto de evitar minha companhia.

— O senhor tem se desculpado muito, ultimamente. Entretanto, não me parece arrependido pelo que fez.

— E não estou. Não me arrependo do que fiz, pelo contrário, faria novamente se a senhora me permitisse. Mas acredito que a tenha deixado desconfortável por minhas ações revelarem que me deseja tão profundamente, apesar de negar veementemente nutrir qualquer sentimento por mim. E é por causar tal desconforto que eu me desculpo.

— O senhor é muito arrogante. Não há em mim qualquer sentimento agradável em relação a você — Alphonsine negou, mas estava claro que Elijah não acreditava nas palavras dela.

— Bem, não vamos perder a compostura por algo tão trivial. — Elijah evitou a discussão ao ver que o criado retornava. — Eu tenho um presente para você.

Alphonsine foi pega de surpresa por aquela informação.

— Um presente?

— Ele chegou ontem, mas como você tem me evitado, preferi respeitar o seu espaço e guardar para quando decidisse me agraciar com a sua presença mais uma vez.

— Bem, tem minha gratidão, mas não precisava se incomodar com um presente.

O criado entregou o embrulho a Alphonsine e ela o abriu. Era um livro.

— Eu pedi um exemplar para mim, e achei que gostaria de ter o seu.

— Direito das mulheres [2] — ela leu o nome do livro e em

---

2. *A Vindication of the Rights of Woman, Mary Wollstonecraft. 1791. – Uma reinvindicação dos direitos das mulheres (tradução livre) foi um livro escrito por Mary Wollstonecraft (mãe de Mary Shelley – autora de Frankenstein) em 1791 e publicado em 1792 e é considerado o primeiro livro de filosofia feminista.*

seguida viu o da autora na lateral encouraçada.

— Não foi fácil encontrar esse livro. Mas eu queria que você soubesse que não está sozinha em sua forma de pensar. Eu comecei a ler meu exemplar ontem mesmo e achei bastante pertinente as colocações da Sra. Wollstonecraft.

Alphonsine sentia o livro formigar em seus dedos e seu coração estava aquecido. Não era apenas um livro qualquer, aquele livro era de uma mulher que pensava de forma semelhante a ela. Lembrou-se da conversa deles na estufa em que ela perguntava se não estava louca e dizia que não conhecia outras mulheres como ela. Elijah lhe dava muito mais do que apenas um livro. Ele lhe dava companhia, segurança e a sensação de que seu pensamento estava no caminho certo e seus anseios não eram reprováveis.

— Maldito seja, Elijah! — Alphonsine sussurrou. — Eu passei três dias para conseguir erguer um muro forte o suficiente para resistir a você e, em poucos minutos, o destruiu. Como eu posso odiá-lo, quando consegue aquecer o meu coração com um simples livro? Você joga muito baixo.

Elijah sorriu, genuinamente feliz por ter conseguido surpreender positivamente sua esposa. Havia ficado preocupado que a noite que tiveram a afastasse completamente dele e reduzisse a nada todos os esforços que fez para conquistá-la.

— Isso significa que não vai mais me evitar? — ele perguntou, esperançoso.

— Ainda não decidi — ela respondeu, com sinceridade. — Metade de mim quer mandá-lo embora, e a outra metade quer diminuir a distância e beijá-lo em agradecimento.

— Eu acredito que a segunda metade é mais inteligente.

— Eu já não tenho tanta certeza disso. — Alphonsine revirou os olhos. — Mas não vamos mais falar sobre esse assunto. Mais tarde irei olhar a minha nova aquisição, e me encontrarei com um arquiteto para vermos as reformas necessárias para o hotel.

— Terá uma tarde interessante — Elijah comentou, queria que ela o convidasse para acompanhá-la, mas não queria forçar a sua presença. — Espero que em breve eu também possa conhecer o local.

— Se prometer que não irá me tocar ou me seduzir novamente, eu o deixo me acompanhar — Alphonsine apontou.

— Prometo não fazer isso... hoje — Elijah prometeu, especificando que a promessa valeria apenas para aquele dia. Ainda pretendia seduzi-la tantas vezes quantas fossem necessárias para que ela o aceitasse de vez em sua vida.

Alphonsine semicerrou os olhos, já esperava aquilo dele. Até podia imaginá-lo se comportando como um perfeito cavalheiro naquele dia, e no dia seguinte voltar a ser o Elijah de sempre. Revirou os olhos para a imagem em sua mente.

— Acho que posso aceitar isso.

Capítulo 21

Depois do almoço, seguiram para o centro de Bath, onde ela havia comprado a pequena mansão de lorde Hammilton.

A casa era bem-localizada e perfeita para o projeto de hotelaria de Alphonsine, ficava a pouco mais de dez minutos da abadia e, também, era perto das águas termais. A casa tinha quase cinquenta quartos e estava bem-conservada.

Ela havia marcado de encontrar o arquiteto em frente à casa, mas o homem ainda não tinha chegado.

— Já escolheu como irá chamar a sua rede de hotéis? — Elijah perguntou, quando chegaram à construção.

— Ainda não faço ideia. Não sou boa com nomes.

— Poderia chamar de... deixe-me pensar um pouco... Paradise, o que acha?

— Não acho adequado.

— Rainha Charlotte?

— Não. Isso parece nome de navio. E caso a rainha queira visitar e não goste, pode se sentir insultada.

— Leite e mel.

Alphonsine riu daquela opção.

— Não! Esse é um nome de estalagem de beira de estrada, tem que ser um nome impactante, luxuoso e único, algo que remeta a ouro, que faça as pessoas quererem se hospedar aqui, apenas para dizer: Eu estou hospedada no...

— No Gold Hotel? — Elijah sugeriu, mais uma vez.

Alphonsine riu novamente.

— Não chegou nem perto.

— Minha lista de sugestões por ora acabou. Pensarei em outros mais tarde.

— Não faz mal. Agradeço as sugestões. — A mulher sorriu para Elijah e em seguida tirou um relógio do bolso para olhar as horas. — O Sr. Trasmond está atrasado.

— Eu acredito conhecer esse relógio — Elijah comentou, ao ver a peça de prata.

Alphonsine corou ao lembrar que tinha roubado dele o objeto, mas agora era tarde demais para pedir desculpas por aquilo.

— Imagino que sim, já que um dia ele lhe pertenceu.

— Ele ainda me pertence.

— Não seja tolo, eu o roubei, agora é meu.

— Você fala que o roubou, com tanto orgulho, que começo a me preocupar com sua moralidade. Mas para que saiba, esse relógio pertenceu a meu avô. Tem um valor sentimental para mim, fiquei imensamente triste quando percebi que ele foi roubado.

— Eu também ficaria triste se o perdesse. Ele tem um enorme valor sentimental. É a prova de que meu filho é legítimo.

— Devo presumir, então, que não pretende devolvê-lo para o seu verdadeiro dono?

— Presumiu corretamente.

Elijah suspirou. Sua mulher era a criatura mais estranha que ele conhecia.

Alguns minutos se passaram e o Sr. Trasmond finalmente chegou. O homem pediu desculpa pelo atraso e junto com Alphonsine começou a olhar a casa.

Elijah se manteve em silêncio, apenas ouvindo as ideias de Alphonsine para aquele lugar e observando as sugestões dadas pelo arquiteto.

O homem parecia não se importar em ver uma mulher falando como deveriam ser as mudanças naquela propriedade.

Alphonsine falava de forma decidida, era como se tivesse planejado ou feito aquele tipo de reunião a vida inteira. Andava de cômodo em cômodo informando em detalhes o que queria. Passearam pela cozinha que deveria ser maior para acolher a demanda de refeições para quando todos os quartos estivessem sendo usados, depois analisaram a ala dos criados que também precisaria de novos alojamentos, pois o número de criados no mínimo dobraria. Seguiram pelas salas de refeições que também precisariam passar por reformas, assim como todos os quartos deveriam receber novos papéis de paredes e mobília nova padronizada que ela encomendaria. Alguns quartos seriam mais luxuosos que outros, e por isso precisaria reformar os que custariam mais caro. Na parte externa, haveria reformas nos estábulos, que precisariam ser maiores. Já nos jardins, deveria ser implementada uma pequena fonte central com peixes, e espaço para os hóspedes se sentarem para apreciar a vista ou apenas para conversarem. Seria criado, também, um salão externo privativo, mais afastado do hotel, que poderia ser alugado para eventos exclusivos como jantares ou bailes, sem que isso afetasse ou incluísse os outros hóspedes do hotel.

Elijah estava admirado com a forma que sua esposa conduzia todo o encontro com o arquiteto e, também, com as ideias que ela tinha para as reformas. Era como se Alphonsine tivesse nascido para fazer aquilo. O peito dele se encheu de orgulho e ele ficou ainda mais admirado com a sua esposa.

Enquanto a lady terminava de conduzir a reunião andando pelos jardins e mostrando ao arquiteto onde queria as mudanças externas, Elijah observou uma carruagem parar em frente à casa. Esperou que alguém descesse, mas quem quer que estivesse dentro apenas ficou observando.

Lorde Crosbey se aproximou da carruagem, curioso em ver quem observava o local. Entretanto, antes que pudesse alcançar uma posição em que pudesse ver quem estava dentro, o cocheiro movimentou as rédeas e a carruagem se pôs a andar novamente.

Elijah ficou desconfiado com aquilo, mas deu de ombros. Não deveria ser nada. Estava prestes a retornar para junto de sua esposa, quando um homem a cavalo o interceptou.

— Lorde Crosbey — o homem o saudou.

— Sou eu, e você, quem seria? Acredito que não fomos apresentados.

— Perdão por isso — o homem se desculpou — Sou Thomas Grantfell, dono dos hotéis Grant's.

— Sr. Grantfell. O que o traz aqui? — Elijah perguntou, desconfiado.

— Eu soube que lorde Hammilton queria vender esta casa, mas descobri que cheguei tarde. Segundo ele, o senhor a comprou, mas conhecendo sua esposa, acredito que tenha sido ela a fazer negócios.

— O senhor conhece a minha esposa?

— Éramos sócios e pensei que podíamos nos considerar amigos, bem, eu estava enganado. Ainda mais agora, que soube que pretendem transformar este lugar em um hotel. Fico me perguntando se a ideia foi apenas ocasional ou se foi proposital para me atingir.

— Ela apenas viu uma oportunidade e a agarrou — Elijah defendeu. — Minha esposa não guarda rancor, Sr. Grantfell. Então, certamente não foi proposital.

— Parece-me que o senhor não a conhece tão bem. Acredito que não esteja ciente do que ela fez com as ações.

— Não há segredos entre minha esposa e eu — Elijah mentiu, havia sim alguns segredos, mas o homem não precisava saber daquilo. O que quer que sua esposa tivesse feito, ele apoiava. — E eu devo dizer que não teria feito diferente.

— E o senhor concorda com as atitudes dela? — O Sr. Grantfell semicerrou os olhos, incrédulo.

— Completamente.

Diante daquela resposta, o homem torceu o nariz e se empertigou.

— Eu não acreditei quando disseram que, um homem como o senhor, não teria pulso para colocar a própria mulher em seu devido lugar. É decepcionante ver que estavam certos.

Elijah ergueu o queixo e cerrou os punhos.

— Sugiro que controle suas palavras, Sr. Grantfell, se me insultar novamente ou a minha esposa, não o perdoarei. Não se esqueça que eu sou o futuro conde de Hawkish e o senhor é apenas um homem endinheirado.

— Como se vocês nobres me deixassem esquecer que não tenho sangue azul. — Bufou.

— E mais uma coisa — Elijah chamou o homem, antes que ele se afastasse. — O lugar de lady Crosbey é exatamente onde ela quiser estar.

Thomas Grantfell esporeou o cavalo e se afastou rapidamente. Elijah o observou sumir entre as ruas de Bath com uma sensação amarga na boca.

Ele não era menos homem por deixar a sua mulher fazer o que quisesse... *era?*

Será que permitir que Alphonsine cuidasse dos negócios e fizesse os investimentos que bem quisesse, faria dele motivo de escárnio e chacota?

A dúvida o preencheu, assim como a insegurança. Ele entendia e aceitava que ela possuía a mesma inteligência e capacidade mental que um homem, mas a sociedade ainda não tinha o mesmo olhar que ele sobre o papel que uma mulher deveria desempenhar. A maioria dos homens que conhecia acreditava que as mulheres eram sentimentais e por isso não tinham tanta racionalidade quanto o sexo masculino e, por isso, elas não eram aptas para cuidares dos negócios ou das finanças ou mesmo compreenderem as particularidades e complexidades da vida para ter voz ativa na sociedade.

Elijah suspirou.

Apesar de tudo, sua esposa estava fazendo negócios admiráveis. Bem diferente dele.

Ele não tinha feito nada de grandioso em toda sua vida, e apesar de ter voltado da guerra como um herói, não havia feito nada além de sua obrigação nas batalhas que travou. Precisava ser alguém que sua esposa pudesse admirar também, e se orgulhar de ter ao lado.

Enquanto Elijah pensava, Alphonsine se aproximou dele. A reunião com o arquiteto havia se encerrado e ela já estava pronta para voltar para casa.

— Você parece pensativo — Alphonsine comentou, ao notar o silêncio do seu marido.

— Não é nada. Não se preocupe. — Elijah sorriu e tentou disfarçar a tristeza em seu olhar.

Seguiram juntos para a carruagem e lorde Crosbey ajudou sua esposa a subir primeiro, e entrou na carruagem quando ela se assentou.

— Tem certeza de que está tudo bem? Você parecia bastante entristecido — Alphonsine voltou ao assunto quando a carruagem começou a se movimentar. — Apesar de ainda não saber o que somos, acredito que podemos confiar um no outro, você me ouviu quando eu precisei desabafar e isso me ajudou. Pode conversar comigo, se quiser.

Elijah pensou um pouco. Não queria que ela se ofendesse com seus pensamentos.

— Não é nada. Eu apenas notei o quão incrível você é.

Alphonsine franziu o cenho. Aquele elogio parecia querer esconder algo.

— E isso te deixou reflexivo? Por quê? Você não concorda com meus investimentos?

— Muito pelo contrário — Elijah assegurou. — Você está fazendo coisas grandiosas, Alphonsine, e eu devo admitir que sinto um pouco de inveja disso. Preciso encontrar algo importante para fazer, ou serei superado por você.

— Não é uma competição, Elijah — Alphonsine comentou com suavidade, entendendo a frustração dele. — E não precisa ser.

O toque de Alphonsine em sua mão o deixou desestabilizado e ele se abriu para ela.

— Eu fiz inúmeras coisas que a envergonhariam e quase nenhuma que a faça se orgulhar de mim. Você é mais rica que eu, certamente mais inteligente, é uma ótima negociante e uma investidora nata. Eu não sou ninguém quando comparado a você.

— Isso não é verdade. Em breve você será um conde, e então poderá assumir os negócios da família, e terá influência e dinheiro. Só está se sentindo inútil porque não tem muito a fazer aqui em Bath.

— Não é só isso. Quando eu herdar o título, serei apenas mais um conde como inúmeros outros. E você continuará crescendo. Eu não quero viver à sombra da minha esposa.

— Não viverá. Você terá muito mais trabalho que eu quando herdar o condado. Terá arrendatários para supervisionar, vários hectares de terra para investir. Poderá fazer muitas coisas grandiosas também, não viverá à minha sombra.

— Eu não quero esperar pela herança.

— Isso é inteligente. — Alphonsine sorriu, maliciosa. — Seu pai não me parece pronto para encontrar-se face a face com a morte.

— Não por isso. Eu quero ser alguém antes de ser um conde.

— Você já é alguém, Elijah.

— Então me diga quem eu sou? Porque, sinceramente, só vejo um homem que tudo o que fez na vida foi cometer um erro atrás do outro.

Alphonsine ponderou por alguns instantes, aquela não era uma pergunta fácil. E talvez o seu marido não quisesse uma resposta óbvia.

— Quem você quer ser, Elijah?

O homem suspirou e olhou pela janela, a conversa estava indo por caminhos bem mais filosóficos do que ele imaginou.

— Eu não sei, eu quero ser alguém que eu me orgulhe e que você se orgulhe.

— E que tipo de pessoa te traria orgulho?

Elijah olhou para sua esposa e soube exatamente o que responder.

— Alguém como você. Que investe, que faz o que gosta, que arrisca e que não se importa com o que dizem.

Aquela resposta deixou Alphonsine corada. Era um elogio sincero, ela sentia. Ele a admirava e se orgulhava dela, e saber daquilo a deixou comovida.

— Você não precisa ser alguém como eu para ter valor. Você é você e eu o valorizo por isso. Valorizo o seu esforço para mudar quem você era, e o que está fazendo é algo admirável. Reconhecer seus erros e tentar consertá-los não é para qualquer um, exige coragem e muita humildade.

Elijah deu a ela um sorriso amarelo, era evidente que ela estava falando aquilo apenas para fazê-lo se sentir melhor. Ele pegou a mão dela e beijou com delicadeza.

— Eu só quero me sentir útil... sentir que sou necessário.

— Encontrarei uma utilidade para você, soldado. — Alphonsine abriu um sorriso para ele.

— Comandante — ele a corrigiu.

— Está bem, comandante.

— Obrigado. — Elijah abriu mais um sorriso, dessa vez sincero. — Eu já não aguento mais me sentir um intruso naquela casa.

— Você é um intruso — Alphonsine troçou. — Mas será um intruso útil.

Elijah revirou os olhos, mas o sorriso não saiu de seu rosto. Se sentia mais aliviado depois de conversar sobre aquele assunto com sua esposa. Ela tinha razão, não precisava ser uma competição entre eles e quando encontrasse algo útil para fazer, provavelmente a sensação de incapacidade e insegurança iria embora.

— Antes que eu me esqueça, o que fez com as ações para transtornar seus antigos sócios?

— Como soube das ações?

— Tive hoje um encontro, não muito agradável, com um tal de Grantfell.

Alphonsine ergueu uma sobrancelha, surpresa.

— Ele está na cidade?

— Segundo ele, estava interessado no imóvel de lorde Hammilton, mas você foi mais rápida. Não respondeu minha pergunta, o que fez com as ações?

— *As* vendi... para a concorrência.

Elijah balançou a cabeça, incrédulo. Pelo visto, sua esposa era um pouco rancorosa.

Mais tarde, naquela noite, Alphonsine estava inquieta, ainda não tinha encontrado uma função para que seu marido se sentisse útil. Ela tinha certeza de que ele teria bastante coisa a fazer quando assumisse o condado, mas até que isso acontecesse, ele precisaria ter alguma função naquela casa.

Entretanto, as ideias lhe fugiam da mente, e ela estava começando a se irritar por não conseguir encontrar uma solução.

Enquanto se despia para dormir, comentou com Mirtes as suas preocupações e para a sua surpresa a criada parecia saber exatamente do que lorde Crosbey precisava.

— A senhora vive dizendo que odeia rever as contas da casa. Poderia pedir que seu marido a fizesse em seu lugar. Deixe que ele assuma algumas funções, isso o fará se sentir útil.

— E o que farei depois que ele assumir todas as funções que eu tinha? — Alphonsine não gostou da ideia de dar a ele poder sobre a administração daquela casa.

— Pode descansar. Está grávida, milady, a agitação de administrar uma casa não faz bem para a senhora nem para o bebê.

— Não sei se gosto disso. Passei os últimos anos cuidando de tudo sozinha, não queria perder o controle sobre a minha própria casa.

— Milady, entendo a sua preocupação, dei apenas uma sugestão, cabe a senhora aceitar ou não. Mas deve saber que os homens têm um orgulho muito fácil de ser ferido, e a senhora está impedindo o seu marido de assumir as funções que cabem a ele.

— Então eu devo voltar ao papel de esposa e deixar que ele assuma tudo?

— Não, milady, claro que não, mas poderia dar a ele algumas tarefas. Tenho certeza de que isso o deixará satisfeito. Acredito que ele se sinta perdido e inútil na própria... digo, na casa que um dia foi dele.

— Tudo bem, farei isso — Alphonsine cedeu, queria que seu

marido não se sentisse mal, e se para isso era necessário que ele se ocupasse com alguma tarefa naquela casa, ela lhe daria algo para fazer.

♥

Na manhã seguinte, Elijah desceu para o café da manhã sem muito ânimo. Desde a tarde anterior, andava se sentindo melancólico e odiava aquela sensação. Sentia inveja dos feitos de sua mulher e que ele era dispensável e, por vezes, até um fardo.

Não passava de um mero convidado na casa que um dia pertencera a ele. Segundo a lei, aquela ainda era propriedade dele, mas Elijah não ousaria reivindicá-la e com isso magoar sua esposa. Por enquanto, o melhor a se fazer era ocupar-se com o que fosse possível e evitar pensar naquilo.

Sentou-se na mesa e começou a comer sem muito apetite. Refletia sobre o que faria da sua vida para mudar aquela situação.

— Milorde, lady Crosbey pede que o senhor vá aos aposentos dela após o café.

Elijah ergueu uma sobrancelha, surpreso. Normalmente só via sua esposa no almoço e nunca antes disso, então aquele chamado incomum o deixou curioso.

Terminou sua refeição o mais rápido que pôde, e subiu para ver o que Alphonsine precisava.

Assim que entrou no quarto, a encontrou ainda vestida em uma camisola e coberta com um robe de seda.

— Bom dia, milady — ele a saudou.

— Bom dia, lorde Crosbey.

— Chame-me de Elijah, por favor.

Alphonsine revirou os olhos.

— Tudo bem. Elijah.

— Você queria me ver?

— Sim. Eu gostaria de lhe pedir um favor. Em breve, meu administrador deve vir para revermos as contas da propriedade e as minhas contas pessoais. Ele sempre vem pela manhã e fazemos isso antes do almoço, mas como pode ver, eu não estou em condições de receber ninguém durante as manhãs. Como não acredito que meu estado vá mudar pelos próximos meses e por não querer mudar o horário que o Sr. Lindon já está acostumado, eu gostaria de lhe pedir que o receba e reveja com ele as finanças da propriedade.

Elijah ficou observando sua mulher. Ela estava lhe dando um trabalho para que ele pudesse se ocupar. Talvez ela estivesse fazendo aquilo por causa da conversa que tiveram na tarde anterior.

Estava quase se sentindo pior, quando percebeu que aquilo significava que ela se importava com ele. Ela não o queria desanimado ou se sentindo inferior e por isso estava tentando fazer com que ele se sentisse útil.

— Eu sabia que você se importava comigo.

— Não seja tolo, não me importo com o senhor. Mas em meu estado... — Alphonsine calou-se de repente e colocou a mão na boca, em seguida, se abaixou na lateral da cama e vomitou.

Elijah correu para ajudá-la e segurou os seus cabelos, enquanto a sua esposa se contorcia. Ele tentou ignorar os sons que saíam dela, e desviou o olhar para não ver o vômito, caso contrário, era bem possível que ele se juntasse a ela no pequeno urinol, e diferente de sua esposa, ele estava com o estômago repleto do café da manhã.

Assim que ela se recuperou, Elijah soltou-lhe os cabelos e se afastou.

Alphonsine limpou a boca com um lenço e pegou um pouco de água que estava na mesinha ao lado da cama.

— Bem, acredito que isso tenha deixado claro o estado lastimável ao qual me encontro toda manhã.

— Poderia apenas mudar o horário da visita do seu administrador. Acredito que ele entenderia.

Claro que o homem entenderia, na verdade, ele já estava esperando que o encontro daquele mês se desse no período da tarde. Alphonsine teria que lhe escrever para remarcar o horário para que a reunião acontecesse de manhã. Estava fazendo tudo para que o seu marido ficasse feliz e o homem parecia não querer aceitar.

— O senhor irá ou não me ajudar? — Alphonsine se irritou. — Eu não vou mudar o horário que o Sr. Lindon vem, apenas por capricho meu.

— Então eu ficarei feliz em poder ajudá-la.

Alphonsine bufou com a resposta. *Até que enfim.*

— Claro que depois de fazer isso, terá que relatar tudo que foi conversado, afinal, esta casa ainda é minha e eu exijo saber tudo o que se passa nela.

Elijah sorriu. Imaginou que ela não aceitaria ficar sem saber dos assuntos que fossem tratados, mas não se importou, ao menos tinha algo com que se ocupar.

— Bem, eu precisarei ter acesso aos cadernos de contabilidade, para estar familiarizado com os números quando o seu administrador chegar.

Alphonsine tocou a sineta e a criada entrou no quarto.

— Mirtes, pegue os meus cadernos de finanças pessoais e os entregue ao lorde Crosbey. Depois mostre a ele onde guardo os demais cadernos referentes à propriedade, por favor.

A criada concordou e se direcionou aos baús à procura dos objetos pedidos pela lady.

— Quando seu administrador chega? — Elijah perguntou, enquanto esperava.

— Na sexta. Daqui a três dias.

— Será suficiente — Ele calculou. — Ou assim espero.

— Dará tempo, não se preocupe.

A criada encontrou os cadernos e os entregou a Elijah, que se despediu de Alphonsine e seguiu a criada até a biblioteca. Pelos próximos dias, seria ali que ele passaria suas manhãs e tardes e, muito provavelmente, suas noites também.

Nunca um livro cheio de números lhe pareceu tão atraente.

Capítulo 22

Três dias se passaram com Elijah em cima dos livros. Ele esperou encontrar alguma discrepância nas contas, para que pudesse se provar útil, mas os cadernos de finanças eram claros e estavam com tudo perfeitamente alinhado. Nenhum centavo estava passando ou faltando. O mesmo podia ser dito das contas pessoais de Alphonsine. A mulher tinha uma organização ímpar.

A reunião com o administrador serviria apenas para atualizar sobre os gastos recentes relativos às novas propriedades adquiridas por Alphonsine e reservar uma parte dos fundos para os investimentos no hotel.

Quando o Sr. Lindon apareceu para a reunião naquela manhã, já sabia que encontraria o lorde Crosbey no lugar da esposa, então não foi nenhuma surpresa encontrá-lo na biblioteca com os livros de finanças sobre a mesa.

Reviram todas as contas e fizeram as estimativas de gastos referentes às reformas requeridas por Alphonsine para o funcionamento do hotel, o administrador explicou todos os números que havia no relatório e debateram sobre melhorias para Crosbey House e para o hotel.

Também foi conversado a possibilidade de negócios com lorde Phearington, que em breve iria vender algumas de suas terras.

— Louis me contou que o homem pretende investir em fábricas em Londres, quer construir uma de lã e algodão — o homem falou o que escutou do irmão.

— Isso parece interessante. — Aquilo chamou a atenção de Elijah. Com a guerra, ele sabia que havia aumentado a demanda para a fabricação de tecidos que seriam usados nos uniformes.

— Com esse tanto de fábrica, a cidade ficará ainda mais lotada de trabalhadores. Os jovens já não querem mais trabalhar no campo. No meu tempo, as pessoas davam valor ao trabalho no interior. Agora todos só querem saber da cidade grande — o Sr. Lindon desabafou, um tanto desgostoso. — Enfim, não dê ouvidos às lamúrias deste homem velho, vamos continuar.

A reunião se seguiu por mais uma hora, e depois de repassarem e atualizarem todas as contas, o administrador partiu.

Elijah estava pensativo. A conversa sobre a fábrica havia lhe despertado o interesse, e talvez aquele fosse o tipo de investimento que ele gostaria de fazer.

♥

Alphonsine havia visto pela sua janela quando o seu administrador chegou, e durante as horas seguintes ficou inquieta. Seu marido estaria naquele momento fazendo o trabalho que cabia a ela. Na verdade, cabia a ele, mas ela tinha assumido aquele papel por tantos anos, que era como se fosse realmente dela.

Não havia sido fácil abrir mão de sua autonomia, mas havia feito por um bom motivo e apesar de estar desconfortável com aquela situação, não se arrependia de tê-lo feito.

Ficou o tempo inteiro observando pela janela, pois assim que o Sr. Lindon fosse embora, ela desceria para encontrar-se com o seu marido e saber dele tudo o que o homem falou.

Assim que viu o administrador partir, Alphonsine saiu de

seu quarto e desceu as escadas, e esbarrou em seu marido na metade do caminho.

— Como foi a reunião?

— Bom dia, milady. Dormiu bem? Como está esta manhã? — Elijah perguntou, com um sorriso, sabendo que aquilo provocaria sua esposa.

— Dormi e estou bem. Agora não seja irritante. O que o Sr. Lindon falou?

— Disse que a senhora está alguns milhares de libras mais pobre, depois da compra da propriedade de lorde Hammilton, e que ficará ainda mais, depois da reforma completa, mas acredita que o investimento renderá bem a longo prazo. Ele informou também que os valores das ações que vendeu já estão no banco. Está tudo aqui no relatório bancário. — Elijah entregou o papel à sua esposa. — Ele também informou que em breve alguns hectares de terra serão vendidos por lorde Phearington e perguntou se não seria do seu interesse comprá-los, ele soube pelo irmão dele que o homem quer se desfazer de algumas propriedades. Eu pedi mais informações sobre a localização das terras e se elas seriam úteis para plantio, criação de animais ou construção. Ele mandará em breve essas informações. No mais, as contas de Crosbey House estão em dia, e apesar de todos os gastos, sua fortuna continua rendendo em torno de 16 mil libras ao ano.

Alphonsine sorriu com aquela notícia.

— Quando chegar mais informações sobre as terras, me avise. Dependendo da localização, eu posso ter interesse em comprá-las.

— O Sr. Lindon falou algo que me interessou — Elijah contou, um pouco apreensivo. Não queria que sua mulher achasse aquela ideia tola. Entretanto, não deixou que o sentimento transparecesse. — Alguns lordes estão investindo em fábricas no centro de Londres. Acredito que esse seja o tipo de investimento que eu apreciaria.

— Isso é maravilhoso. — Alphonsine gostou de ver que o seu marido havia se decidido sobre as questões que conversaram anteriormente. — Meus investimentos foram em comércio exterior, entretanto, sempre ouvi falar que as fábricas têm sido o futuro da manufatura, e como a quantidade delas aumentou significativamente, acredito que a criação de uma seria um bom investimento.

— Eu também penso assim. Londres já está repleta de fábricas, talvez construir alguma no condado seja uma opção mais interessante.

— Creio que sim. Eu devo conhecer um par de investidores nesse ramo, posso apresentá-los a você — Alphonsine se empolgou.

— Seria ótimo. Se não me engano, meu pai tem contato com alguns donos de fábricas em Londres. Talvez eu deva escrever a ele, perguntando sobre esse assunto.

— Sim, deve fazer isso imediatamente — Alphonsine incentivou e em seguida notou algo diferente em seu marido. — Você não me parece muito animado com isso.

— Bem, eu estou empolgado com a ideia de investir em fábricas, o que me incomoda é ter que falar com o meu pai. — Elijah suspirou profundamente, como se finalmente tomasse aquela decisão. — Mas, já evitei essa conversa há muito tempo. Acredito que esteja na hora de vê-lo.

— Eu não entendo... — a mulher confessou, com o cenho franzido, porque seu marido parecia tão apreensivo em conversar com o pai. Ele tinha desistido da vingança, não tinha? Então algo lhe ocorreu. — Seu pai não sabe que você desistiu da vingança... por isso não sabe como ele o receberá.

— Acredito que ele saiba, sim. Minha relutância em contatá-lo é porque estou extremamente envergonhado por ter errado em culpá-lo por um crime que ele não cometeu. — Elijah exalou profundamente. — Meu pai foi a outra pessoa mais prejudicada com minhas ações.

— Eu nunca entendi o motivo de querer vingança, mas você fala de um crime... o que aconteceu entre você e seu pai, Elijah? — a mulher perguntou, franzindo o cenho.

— Eu vou lhe contar tudo, mas vamos nos sentar antes. A história é longa.

Elijah a guiou até a sala de estar e se sentaram. Alphonsine esperou o seu marido começar a falar, ela estava curiosa para finalmente entender o que realmente tinha causado tamanha mudança em seu comportamento.

— Por onde eu começo...? — Elijah perguntou a si mesmo. — Você se lembra do acidente que tirou a vida de minha mãe?

— Sim — a lady respondeu —, depois dele você nunca mais foi o mesmo.

— Na época, eu acreditei que o meu pai era o culpado da morte de minha mãe e por isso meu desejo de vingança surgiu. Gastei o dinheiro dele com jogos, bebidas e mulheres, causei alguns escândalos nos eventos sociais, me tornei um homem desagradável para que ele se envergonhasse de mim. — Ao ver que Alphonsine não entendia aonde ele queria chegar, explicou: — Tudo o que é mais importante para o meu pai é a reputação impecável da família. Quando eu era jovem, fui ensinado a sempre ser um exemplo de perfeição, imaculado, um homem honroso, sem vícios, educado, cujas ações fossem irrepreensíveis. Qualquer mancha na família era motivo para enfurecer meu pai. E foi por isso que eu cometi todos os pecados que eu pude, tentei ser para ele a mesma decepção que ele foi para mim.

— Por que acreditou que a culpa era do seu pai? — Alphonsine perguntou, após entender o motivo de ele ter feito tantas coisas tolas.

— Eu o avisei que a carruagem precisava ser consertada e ele, em vez de mandá-la para o conserto, colocou minha mãe dentro, sabendo que o veículo não suportaria a viagem.

— Mas por que ele faria algo assim? — Alphonsine franziu o cenho, não conseguindo entender os motivos que levaram lorde Hawkish a mandar a esposa para a morte.

— Minha mãe o estava traindo, e se a sociedade descobrisse, seria um escândalo de proporções dantescas.

A lady arregalou os olhos diante da surpresa que a informação lhe causou. Nunca imaginaria que lady Hawkish fosse capaz de cometer adultério, a mulher era um exemplo de moral e boa educação. Mas então, as palavras anteriores de Elijah, sobre o pai colocá-la na carruagem comprometida, fez total sentido, agora havia um motivo.

— Então ele a matou para evitar que o escândalo fosse descoberto — Alphonsine concluiu, abismada. — E fez com que parecesse um acidente.

Elijah sorriu. Sua esposa havia feito a mesma dedução que ele.

— Quando eu soube da morte dela, rapidamente concluí isso, era a única explicação que fazia sentido e o único motivo para ele ter colocado minha mãe naquela carruagem. Eu tentei me vingar dele de todas as formas possíveis, durante anos a minha vida se resumiu a fazer tudo o que ele odiava, com a intenção de atingi-lo.

— Inclusive, o nosso casamento. Por isso, quando soube que o filho era seu, ficou tão furioso.

— O meu pai sempre quis este casamento e agora, tudo o que ele mais quer, é ver a linhagem da família garantida por mais uma geração. Minha mãe ansiava por este enlace e, para ser sincero, antes da morte dela, eu mal podia esperar para me casar com você. Você era linda, educada, gentil, divertida, era perfeita e eu estava completamente apaixonado por você. Mas quando minha mãe morreu, todo sentimento bom que havia em mim morreu também. O amor por você não sobreviveu ao ódio que eu sentia por meu pai, e tudo que eu queria era fazê-lo sofrer, independentemente de quem eu machucaria no caminho.

— Por que não cancelou o casamento, então?

— Porque o nosso casamento era o sonho da minha mãe. E onde quer que ela estivesse, ficaria feliz em saber que eu realizei o sonho dela.

Alphonsine finalmente conseguia compreender tudo o que aconteceu há sete anos. Os motivos que fizeram Elijah mudar da água para o vinho e o que ele sentiu ao ter a mãe morta pelo próprio pai, tudo estava claro para ela naquele momento e sentiu pena do jovem Elijah perdido na própria vingança.

— Mas você não poderia deixar de irritar o seu pai, por isso apareceu bêbado — Alphonsine deduziu com facilidade.

— Exatamente — Elijah concordou, com um sorriso triste. — Eu não podia deixar de realizar o desejo de minha mãe, mas poderia muito bem envergonhar o meu pai enquanto me casava com você.

— Para ser sincera, envergonhou a todos naquele dia. Os jornais passaram semanas falando sobre o nosso casamento vexatório. Inclusive o enlace ficou conhecido por esse nome.

— Sinto muito por isso. Eu não pensava com clareza na época.

Alphonsine deu de ombros, há muito ela já não se importava com aquele acontecimento, então falar dele não doía.

— E a guerra, por que partiu antes de sua licença de casamento expirar? — ela perguntou, curiosa.

— Eu não queria ficar casado. Eu não queria você perto de mim. Sabia que eu tinha me tornado uma pessoa desprezível e que ao, me casar, tudo o que eu fizesse de errado, não atingiria somente o meu pai, mas a você também. Então eu parti para a guerra, minha intenção era morrer lá, essa seria a minha última aposta de vingança. Eu estava disposto a fazer a linhagem pura e nobre da família morrer comigo.

Alphonsine ouvia com atenção, e odiou ouvir o seu marido dizer que estava disposto a morrer na guerra para realizar a maldita vingança. Quase o interrompeu para criticá-lo por aquela decisão tola, entretanto, deixou que Elijah continuasse.

— Meu pai, que já imaginava o meu plano, decidiu interferir e me fez ser colocado o mais longe possível da batalha real. E foi deixado bem claro que as ações que eu tomasse afetaria também aos homens sob o meu comando e assim meu pai garantiu que eu não me mataria na guerra. Então, em vez de trazer vergonha para ele, eu lutei e me tornei um soldado do qual certamente ele deve ter se orgulhado.

— De todas as tolices que já fez, querer morrer na guerra foi a maior de todas elas — Alphonsine ralhou com ele. — Maldição, Elijah! Estou furiosa com você.

— Eu também fiquei furioso comigo depois que descobri a verdade. E pensar que eu fiz tudo isso por nada.

— O que quer dizer?

— Eu descobri que minha mãe não está morta.

— O quê? — Pela segunda vez, Alphonsine foi pega de surpresa. — Oh, céus. Explique isso, por favor, porque agora eu não estou entendendo mais nada.

— Foi tudo uma armação. O acidente na carruagem serviu para encobrir a fuga de minha mãe com o amante e fazer com que todos pensassem que a condessa havia morrido, e meu pai a ajudou com o plano. Eu perdi quase uma década da minha vida atrás de uma vingança que nunca deveria ter existido.

— Quando descobriu isso? — a lady perguntou, tentando assimilar tudo.

— Logo depois que eu descobri sobre você, quando estávamos no castelo de meu pai, ele me entregou uma carta escrita por minha mãe que explicava tudo. Depois de ler, eu a procurei e a encontrei com uma nova família. Ela está bem e feliz. Mas então eu percebi que eu precisava consertar todos os meus erros.

Alphonsine estava atenta, a cabeça girando em uma confusão de pensamentos. Era muita informação para assimilar. Todavia, saber da verdade preenchia lacunas que havia em sua mente sobre os motivos de ele ter mudado.

— Por isso veio a mim, informando que havia mudado e querendo uma chance para se redimir.

— Sim. Eu não tinha peito para encarar o meu pai, e para ser sincero, ainda estou irritado e ofendido por ele ter me enganado durante todo esse tempo junto com minha mãe, apesar de entender os motivos deles. Mas não o odeio, o que já é um passo e tanto.

— Céus. — Alphonsine não sabia o que dizer além disso, então Elijah se aproximou dela e pegou as mãos entre as dele e se ajoelhou aos seus pés.

— Quando eu vim até você, realmente estava disposto a me redimir, a fazer as coisas diferentes e a ser o marido que você merece, Alphonsine. Sei que a machuquei muito no passado e que você mantém o seu coração trancado para mim, por medo de que eu a machuque novamente, mas eu juro pela minha inútil vida, que eu farei o possível para lhe fazer feliz e que passarei todos os meus dias provando o meu amor. Pensei que todo o sentimento que eu tinha, tivesse sucumbido ao ódio, mas ele ainda pulsa forte e vivo dentro de mim. — Elijah colocou a mão de Alphonsine em seu peito para que ela pudesse sentir as batidas de seu coração. — Meu coração é seu e sempre será. Tudo o que eu peço é que me deixe amá-la, venerá-la e proteger a você e ao nosso filho pelo resto da minha vida.

Os olhos de Alphonsine estavam cheios de lágrimas. Seu coração acelerado. Seus lábios tremiam. Sentia que deveria dar uma chance para o seu marido. Ele parecia tão sincero em suas palavras. Ela queria tentar mais uma vez.

— Sim. — A resposta não passou de um sussurro, mas Elijah sentiu todo seu corpo vibrar quando as palavras chegaram aos seus ouvidos. Ele se ergueu e puxou a sua esposa para um beijo cálido, repleto de amor e gratidão por aquela chance.

— Eu a amo — Elijah sussurrou nos lábios de sua esposa, entre um beijo e outro, e repetiria quantas vezes fossem necessárias até que o amor que ele nutria por ela, trouxesse de volta o amor que ela sentia por ele. — Eu a amo.

Capítulo 23

Três semanas depois...

Elijah estava vivendo os melhores dias de sua vida. Sua esposa finalmente o havia aceitado e desde aquele dia eles compartilhavam o quarto. Ele havia enviado uma carta, convidando o pai para jantar com eles, mas o homem estava viajando e só voltaria a Londres no final do mês, o que ainda dava a ele uma semana para se preparar para o encontro com lorde Crosbey.

Durante aquela semana, Alphonsine havia pedido a ele que resolvesse quaisquer assuntos que apareceram para ela no período da manhã a respeito de Crosbey Manor e, caso fosse sobre o hotel, pedisse que voltasse durante à tarde para falar com ela.

Elijah ficou feliz em poder ajudar e fez exatamente como ela pediu. A única exceção foi o seguro do hotel. Cujo responsável precisava partir imediatamente para Londres e não poderia esperar para falar com lady Crosbey durante a tarde. Então, Elijah acabou assinando o seguro da mansão que sua esposa comprou de lorde Hammilton.

Naquelas semanas, também, Elijah buscou saber mais sobre as fábricas e os hotéis, este segundo para auxiliar sua esposa no que fosse preciso.

Alphonsine entrou em contato com os homens que conhecia que estavam envolvidos com a indústria e os apresentou a seu marido.

À medida que ia conhecendo sobre as fábricas, Elijah se animava e ficava cada vez mais interessado em abrir uma fábrica nas propriedades de seu pai. Esperava que o homem concordasse com aquilo, mas se ele não o fizesse, Elijah já tinha um plano reserva que incluía Alphonsine como investidora e a compra de alguns hectares de terra.

Apesar de ter o apoio de sua esposa, Elijah sabia que o foco dela naquele momento estava sendo o hotel. Durante o dia, ele a apoiava e sempre conversavam sobre o andamento das reformas que haviam começado naquela semana, mas durante à noite os pensamentos dela eram unicamente em seu marido e no quanto ele era talentoso em usar a boca, os dedos, e tudo que pudesse para deixá-la feliz.

Alphonsine estava sendo mimada por seu marido e estava bastante satisfeita com a forma como era tratada. Elijah se mostrava um homem carinhoso e sedutor e, em algumas noites, insaciável. Agora que ele passara a dormir no quarto dela, ele a provocava sempre quando se deitavam, e algumas vezes durante o dia quando tinha oportunidade.

Era muito fácil se apaixonar por ele, mesmo quando não queria fazer isso.

Quando o relógio bateu às três, Mirtes entrou no quarto e ajudou Alphonsine a se trocar. Ela iria para o hotel supervisionar como estava o início das reformas, da mesma forma que fez nos dois dias anteriores. Seu marido a acompanhava e compartilhava de sua empolgação.

Enquanto a criada lhe vestia, Alphonsine ficou imaginando como ficaria o seu hotel. Ver os homens trabalhando em sua propriedade a deixava animada. Havia recebido as plantas arquitetônicas antigas da mansão e o arquiteto desenhou as plantas novas de como ela ficaria após as reformas.

Batidas na porta a tiraram de seu devaneio.

— Já está pronta? — Elijah perguntou do outro lado da porta.

— Quase — Alphonsine respondeu, ao ver que ainda faltavam apertar os laços do corpete, colocar o vestido e o casaquinho. — Mais alguns minutos e estarei pronta.

Mirtes se apressou em terminar de vestir Alphonsine para que ela pudesse ir com o marido ver as obras.

Dez minutos depois, o casal partia em um coche em direção ao hotel.

♥

As obras externas do imóvel já tinham começado. Estavam fazendo as fundações onde seria erguido o salão externo. As reformas internas ainda estavam sendo avaliadas para ver qual a melhor forma de fazê-las sem comprometer a estrutura da casa.

Então havia vários construtores e arquitetos dentro e fora da propriedade, e materiais de construção por todos os lugares.

Alphonsine entrou na mansão junto com Elijah, o arquiteto estava com os pedreiros na cozinha, analisando como deveriam iniciar a reforma daquele cômodo para aumentá-lo. Após ouvir sobre o que os homens conversavam, a lady começou a dar algumas opiniões, o que não foi muito bem aceito por alguns dos construtores, entretanto, nenhum deles ousou reclamar na frente da dama, uma vez que foram informados que era ela quem estava pagando pelos serviços prestados.

Passaram a tarde inteira tratando daqueles assuntos e Elijah percebeu que a presença de sua mulher era desaprovada pela maioria dos homens e não gostou quando viu que alguns a ignoravam de propósito ao mesmo tempo que tentavam fazê-lo participar da discussão.

— O que acha, milorde? É melhor estender a cozinha, criando um apêndice na parte externa ou anexando o cômodo ao lado e aumentando a porta? — um dos homens pediu a opinião de Elijah mais uma vez.

— O que acha, querida? — Elijah perguntou à sua esposa, que começava a ficar irritada com aqueles homens.

— Prefiro que anexem, criar um cômodo do lado de fora apenas atrapalhará a estética.

O homem bufou com a resposta.

— Discorda, Sr. Trevor? — Elijah perguntou, cerrando os punhos.

— Obviamente. Tinha que ser uma mulher para tomar decisões baseadas em beleza e estética.

Alphonsine se cansou e virou-se para o homem.

— Sr. Trevor, desde que chegou para trabalhar aqui, ignora ou zomba dos meus comentários. Caso o senhor ou qualquer outro aqui esteja se sentindo desconfortável por *eu* estar presente na *minha* mansão e querer que o *meu* projeto seja feito de acordo com o que *eu* quero, tenha a coragem de dizer, assim eu poderei encontrar alguém que não se importe com *minhas* opiniões sobre o *meu* hotel.

O homem ficou vermelho e Elijah poderia jurar que ele iria largar tudo e partir, entretanto, ele se recompôs e ficou em silêncio. Todos os outros presentes tiveram a decência de parecerem constrangidos, uma vez que nenhum deles estava completamente à vontade com a presença de Alphonsine.

— Agora que estamos esclarecidos, voltemos nosso foco ao hotel. Quero iniciar o mais breve possível a reforma interna e não temos tempo a perder.

A reunião seguiu sem mais nenhuma interferência ou olhar torto. Elijah deixou que sua mulher continuasse coordenando e se afastou para ver como estavam os trabalhos do lado externo.

Ficaram lá até que o dia se encerrasse e os trabalhadores fossem embora. Elijah observou sua mulher na porta, se despedindo de todos e voltou para junto dela, parecia cansada.

— Você está bem? — ele perguntou, preocupado.

— Vou ficar. — Ela garantiu e em seguida desabafou: — Não é fácil conseguir respeito quando não se é visto com igualdade. Para eles, eu sou apenas uma mulher que os atrapalha por capricho.

— Não se deixe desanimar por causa deles. Você está fazendo algo maravilhoso. Não importa o que eles pensam. — Elijah se aproximou de Alphonsine e pegou a mão enluvada dela para remover a peça. — Você é a mulher mais incrível — pontuou, beijando o polegar —, mais inteligente... — beijou o indicador —... mais compreensiva... — beijou o dedo médio —... mais esplêndida — o anelar — e a mais bela de todas.

Elijah terminou de beijar o dedo mindinho de sua esposa e ali na porta da mansão que se tornaria o hotel, ele a beijou.

Alphonsine passou os braços ao redor do pescoço do marido e aprofundou o beijo. Aquela tarde tinha sido exaustiva e tudo o que ela queria era um pouco da felicidade que ela sempre sentia nos braços do marido.

— Eu preciso de você, Elijah — ela confessou.

Como todos os trabalhadores já haviam partido, Elijah fechou a porta da frente e a pegou pela mão, para que subissem juntos as escadas, e a levou para um dos quartos superiores.

Pararam em um quarto qualquer do segundo andar, e voltaram a se beijar. Elijah tocava sua esposa por cima das inúmeras camadas de roupas, como estava escuro, com apenas um raio do luar entrando pela janela aberta, ele não conseguia ver o que estava fazendo muito bem, mas não se importava com pouca iluminação. Ele teria tempo quando voltassem para casa para despi-la, observá-la e apreciar a maciez da pele dela, naquele momento tudo o que precisavam era de sexo rápido e satisfatório.

Beijaram-se com volúpia, enquanto se provocavam e se tocavam causando pequenos focos de prazer. Elijah sentiu-se ficar completamente duro e Alphonsine não perdeu tempo em libertar a ereção dele do aperto de suas calças.

Sem cerimônia, abocanhou o membro enrijecido e o provocou com a boca até o seu marido não suportar mais, e a erguer. Elijah a colocou contra a parede e levantou as saias dela. A provocou com um dedo entre as pernas dela e notou que ela ainda não estava pronta para ele. Então abaixou-se e sumindo por debaixo das saias de Alphonsine, ele a lambeu e devolveu a provocação, até que ela ficou exatamente como ele queria.

Elijah se levantou e virou sua esposa, colocando-a de frente para a parede. Ergueu as saias dela mais uma vez e encaixou o seu quadril com o dela a penetrando com uma única estocada.

O grito de prazer de Alphonsine foi abafado pela mão do seu marido que lhe tapava a boca. Elijah ordenou que ela fizesse silêncio, pois poderia haver algum trabalhador ainda e ele não queria que nenhum curioso os interrompesse.

O movimento que se seguiu foi frenético. O quadril de Elijah estalava em um som ritmado ao bater nas nádegas de Alphonsine. Seu membro a penetrava profundamente naquela posição, enquanto sentia sua esposa se apertar ao seu redor.

O orgasmo de Alphonsine chegou rápido, ela se retesou e seu corpo estremeceu, em seguida relaxou. Alguns segundos depois, ouviu o seu marido arfar e sentiu a semente dele lhe aquecer por dentro. Ela adorava aquela sensação.

Elijah se afastou, satisfeito consigo mesmo por ter conseguido esperar a liberação de sua esposa antes dele mesmo atingir o clímax dentro dela.

Alphonsine sentia as pernas fracas por causa do orgasmo e se sentou um pouco. Elijah a acompanhou e ficaram alguns minutos abraçados. Ali no escuro o silêncio dos dois era agradável e o momento se tornava mais íntimo.

— Melhorou? — Elijah perguntou.

— Sim. Consideravelmente.

— Fico feliz em servi-la, milady.

— Tem servido muito bem, soldado.

— Comandante — corrigiu, brincando.

— Está bem, comandante.

Alphonsine virou o rosto e procurou o do homem ao seu lado no escuro para dar nele um beijo.

— Obrigada por me apoiar hoje.

— Não foi nada. Você se sairia muito melhor sem mim. Eu causo muitas distrações.

— Não se preocupe, eu não me importo, acabei me acostumando à sua companhia. É mais agradável quando estou com você.

Elijah a beijou na fronte.

— Eu a amo, Alphonsine, faria qualquer coisa por você.

— Eu sei — ela respondeu.

— Eu mal posso esperar o dia que você admita para si mesma que me ama também.

Elijah ouviu Alphonsine suspirar um pouco triste.

— Eu ainda tenho medo. Sabia?

— Não precisa ter medo. Eu nunca mais vou machucá-la.

— Eu sei disso, mas apenas saber não diminui meu medo.

— Então me ame com medo. Eu não me importo. Me ame de pouquinho, me ame desconfiando. Me ame do jeito que puder ou conseguir. Isso será suficiente para me fazer feliz.

— Eu vou tentar — Alphonsine prometeu.

— Venha, é melhor irmos, está ficando tarde — Elijah chamou e se levantou, em seguida procurou sua esposa no escuro para ajudá-la a fazer o mesmo. — Cadê você?

— Aqui — ela respondeu, seguindo a voz e encontrando a mão dele.

Elijah a ajudou a se levantar.

Inesperadamente, ouviram o som de uma porta batendo e Alphonsine soltou um pequeno grito.

— Oh, o que foi isso? — ela perguntou, assustada.

— Pareceu uma porta fechando — Elijah deduziu, ele jurava que tinha fechado a porta da frente.

Desconfiado, Elijah se aproximou da janela e viu um vulto correr para longe da casa. Aquilo o deixou preocupado. Já havia escurecido e por não haver nenhuma iluminação na área externa da casa, ele não conseguiu ver nenhuma fisionomia que o ajudasse a reconhecer quem estava ali, entretanto, pelas roupas, acreditou se tratar de um homem. O acompanhou com o olhar, e o viu atravessar a rua e parar em uma carruagem, e logo em seguida se afastar correndo.

Como aquela parte da rua estava mais iluminada, ele conseguiu reconhecer a carruagem, que era a mesma que havia parado brevemente há algumas semanas, aquilo o intrigou e ele continuou observando.

Antes da carruagem se movimentar, Elijah viu alguém colocar o rosto pela janela e sentiu um calafrio passar por sua espinha quando viu o sorriso no rosto do homem que reconheceu como lorde Rivent.

O que o nobre fazia ali e por que o vulto estranho entrara na carruagem dele? — Elijah se perguntou, e odiou a sensação de não saber.

— Vamos embora — Elijah chamou sua esposa.

Alphonsine, que estava alheia à preocupação do marido, apenas concordou enquanto terminava de alinhar o vestido e os cabelos.

— Espero que meu cabelo não tenha ficado bagunçado, eu não consigo me arrumar direito com tão pouca luz — ela comentou.

— Você fica linda de qualquer jeito. Podemos ir agora?

A mulher então notou o tom de preocupação de seu marido e franziu o cenho.

— O que aconteceu?

— Não foi nada, apenas quero chegar logo em casa para poder fazer amor novamente com você nua em nossa cama — Elijah flertou, para não preocupar sua esposa.

— Está sentindo esse cheiro? — Alphonsine perguntou, de repente. Estranhando o cheiro de queimado no ar. — Parece que algo está queimando.

Ao ver que sua esposa estava certa, Elijah se aproximou novamente da janela e conseguiu ver que havia algo iluminando a parte da frente da casa e a luz vinha de dentro.

— Maldição! — Elijah praguejou, ao entender o que estava acontecendo. — Temos que sair, agora.

Elijah puxou sua esposa pela mão e desceu correndo com ela pelas escadas, entretanto, notou que a frente da casa estava pegando fogo, o que os impedia de sair por ali. Então, procurou a rota que os levaria para a porta dos fundos e arrastou Alphonsine com ele.

A fumaça já estava em todos os cantos da casa e fazia com que o casal tossisse e dificultava a respiração.

— Precisamos apagar o fogo, Elijah. Ele vai se alastrar e

queimará tudo — Alphonsine comentou, quando seu marido a puxou para a saída que havia nos fundos do hotel.

— Eu vou tirá-la daqui e depois volto para apagar o fogo — ele avisou, segurando o braço dela com mais força para que ela não se soltasse.

— Não. Eu posso ajudar — ela tentou argumentar, entretanto, começou a tossir e Elijah se preocupou com ela.

— Você está grávida, Alphonsine, não ficará perto do fogo, nem por cima do meu cadáver. Agora venha, não temos tempo a perder.

Alphonsine então cedeu diante daquele argumento, não ousaria colocar a vida de seu filho em perigo. E eles correram para a saída dos fundos.

Conseguiram sair sem nenhum ferimento, mas ainda tossiam por terem respirado bastante fumaça. Após se certificar que a esposa estava bem, Elijah procurou a fonte de água mais próxima e tentou apagar o fogo.

Alphonsine gritou por ajuda e o cocheiro deles que estava por perto, logo apareceu para ajudar, assim como alguns vizinhos.

Logo uma multidão se formou para ajudar a apagar o fogo, trazendo vários baldes e facilitando o acesso à água. Contudo, o fogo se alastrava com rapidez e se alimentava de tudo o que tocava.

Alphonsine observava o seu marido tentar apagar com afinco as labaredas que consumiam o seu hotel. E cada cômodo que ela via ser envolvido pelo fogo apenas aumentava o desespero que ela sentia.

Seu sonho estava sendo carbonizado, todos os planos que fizera com aquele hotel estava sendo transformado em cinzas por aquele incêndio.

A dor em seu peito já havia se transformado em lágrimas. As mulheres ao seu redor tentavam entender o motivo de tantas lágrimas, e perguntavam se tinha mais alguém lá dentro.

A pontada de dor em seu ventre a fez dobrar-se e Alphonsine sentiu algo quente descer por suas pernas, em seguida tudo ficou escuro e ela perdeu os sentidos.

Elijah continuava tentando apagar o fogo, alheio ao que sua esposa estava passando.

— Lorde Crosbey! — um dos homens chamou a atenção dele.

— O que foi?

— Sua esposa. — O rapaz apontou para onde Alphonsine estava deitada.

Elijah largou o balde de água no chão e correu para onde sua mulher estava.

— O que aconteceu? — ele perguntou, desesperado ao colocar Alphonsine em seu colo e tentar ouvir o coração dela.

— Ela estava chorando e então desmaiou — uma das mulheres explicou.

Após se certificar que sua mulher ainda respirava, Elijah suspirou, um pouco aliviado. Ela estava viva.

— Alguém chame um médico — Elijah gritou no meio das mulheres.

— Eu irei — um rapazote se prontificou.

— Peça para ele ir para Crosbey Manor — o lorde instruiu e apressou-se com sua esposa em seus braços até a carruagem.

Enquanto estava cuidando de Alphonsine, a brigada de incêndio chegou trazendo as bombas de água.

Elijah colocou sua esposa deitada no banco e em seguida se afastou apenas para avisar aos homens que levaria a lady para casa, para ela poder ver o médico e depois retornaria.

O cocheiro o acompanhou, porque Elijah se recusava a ir conduzindo e deixar sua esposa sozinha no interior da carruagem, podendo se machucar ou ter uma piora.

A carruagem se afastou da multidão que ainda tentava apagar as chamas do prédio, e Elijah olhou para trás. A lembrança do sorriso no rosto de lorde Rivent e o homem correndo para a carruagem dele pouco antes do incêndio começar não era coincidência. Ele iria descobrir o que aconteceu e quando o fizesse, abriria o inferno sobre a cabeça de quem ousou atrapalhar o sonho de sua esposa.

Capítulo 24

Elijah voltou para o incêndio com o coração apertado de preocupação com sua esposa. Seus olhos mal enxergavam o fogo com as lágrimas turvando a sua visão.

Seu coração doía a cada batida e as lembranças de sua esposa com as roupas manchadas de sangue era a única coisa que ele via com clareza.

Elijah havia carregado sua esposa até o quarto dela e a colocou na cama, a criada que o tinha seguido desde que ele entrou na casa, tirou as roupas de Alphonsine para que ela pudesse respirar com mais facilidade. Elijah precisou ajudá-la, pois com a esposa ainda desacordada, a tarefa de despi-la se tornava um desafio. Quando viu que as roupas íntimas dela estavam sujas de sangue, Elijah sentiu o coração errar uma batida.

— Oh, céus, o bebê... — Mirtes lamentou, colocando a mão na boca. — Eu sinto muito, milorde.

Elijah deu alguns passos para trás, cambaleante. Sua esposa acabava de perder o bebê.

— Ela respira e parece não sentir dor, milorde — Mirtes informou ao homem, tentando amenizar a dor do momento. — Ela vai ficar bem. O

*médico em breve chegará para vê-la. Alguns abortos acontecem quando
a mulher se assusta, minha mãe teve quatro. Raramente eles colocam em
risco a vida da mulher quando ocorrem no começo da gestação. Vocês
poderão ter outros filhos.*

*Elijah respirou fundo. Precisava ter foco naquele momento e refrear
suas emoções. Por mais que quisesse, não poderia esperar o médico
chegar. O fogo precisava ser contido o quanto antes.*

— *Mirtes, cuide dela, eu preciso voltar para apagar o fogo.*

— *Pode deixar, milorde.*

— *Quando o médico terminar, peça que ele me encontre no hotel.*

— *Sim, milorde.*

Elijah havia saído com a mesma pressa com a qual chegou.
Seu coração estava partido por precisar deixar a mulher e por
ter perdido o filho deles. Quando chegou ao hotel, o fogo estava
ainda maior e já tinha alcançado toda a estrutura da casa.

Pela propriedade ser afastada das outras casas ao redor, não
houve perigo do incêndio se alastrar e toda atenção havia sido
direcionada para o hotel. Mas nem mesmo toda a ajuda e o fato
de terem começado a tentar apagar o fogo quando o incêndio
começou, foi suficiente para impedir que as chamas consumissem
a casa inteira.

Entretanto, eles continuaram se esforçando e depois de algum
tempo o esforço foi recompensado. A bomba de água trazida
pela brigada de incêndio, e os inúmeros baldes de água jogados
no fogo estavam dando resultado e as chamas começavam a
diminuir.

Escutou uma carruagem parando e pensou que pudesse ser
o médico, então olhou para trás quando o viu.

Ele conversava com as mulheres como se tivesse acabado de
chegar ali e erguia a manga da camisa como se fosse ajudar a
apagar o fogo.

— O que aconteceu? — Elijah ouviu a pergunta quando se
aproximou mais.

— Não se sabe ainda. O fogo começou a pouco mais de uma
hora — uma mulher explicou.

O homem não teve tempo de fazer mais nenhuma pergunta, pois assim que ele ergueu o rosto, Elijah o acertou em cheio com um soco em seu nariz.

O homem caiu para trás e as mulheres gritaram, assustadas. Elijah subiu em cima dele e o socou novamente.

— Isso é pelo meu filho, seu desgraçado. — Socou novamente. — Esse pela minha esposa. — Mais um soco. — Pelo meu hotel!

Alguns homens pararam de apagar o fogo para apartar a briga dos dois.

— Você vai pagar por isso — Elijah gritou, tentando se desvencilhar dos homens.

— Do que você está falando? — Lorde Rivent cuspiu o sangue que estava em sua boca. — Eu acabei de chegar. Estava indo ajudar.

— Não quero sua ajuda. Vá embora antes que eu o mate.

— Você enlouqueceu, lorde Crosbey. A fumaça lhe fez perder o juízo — o homem retrucou, porém, entrou na carruagem e se afastou.

Lorde Rivent ficou preocupado, não imaginou que alguém o havia visto. Pensou que não havia ninguém no hotel quando pagou para começarem o incêndio.

Quando o homem estava longe o suficiente, o soltaram e Elijah voltou sua atenção para terminar de apagar o fogo. Ainda tinha muito ódio para descontar naquele homem, e assim que terminasse ali e garantisse que sua esposa estava bem, iria atrás dele.

— Lorde Crosbey!

Elijah foi chamado e se afastou do incêndio ao reconhecer o médico.

— Doutor, como ela está?

— Ela está bem, não se preocupe. Foi apenas um susto.

— Graças a Deus. — Elijah suspirou, aliviado, e então perguntou, apreensivo: — E o bebê?

— Ele ainda está lá e aparentemente está bem. Ela teve um pequeno sangramento por causa do nervosismo, e deve permanecer em repouso total e completo pelos próximos dias.

Eu voltarei para examiná-la em uma semana, mas se ela sangrar novamente antes disso, me chamem imediatamente.

— Obrigado, doutor — Elijah agradeceu e ergueu a cabeça, tentando segurar as lágrimas. Tudo ficaria bem.

O médico se afastou e Elijah voltou ao trabalho.

Duas horas depois, apagavam a última chama que ainda insistia em queimar. Elijah observou por alguns minutos os escombros chamuscados do que seria o sonho de sua esposa. Imaginou o quanto ela estaria sofrendo por ter visto todos os seus planos virarem cinzas junto com o hotel.

Elijah agradeceu ao ver todos exaustos e cobertos com fuligens como ele. E aos poucos as pessoas foram se dispersando.

Seu desejo era ir naquele momento encontrar-se com lorde Rivent e esganá-lo com as próprias mãos, mas o desejo de voltar para sua esposa era maior do que qualquer coisa. Ele precisava urgentemente vê-la.

♥

Alphonsine acordou com uma péssima sensação. Ela estava em seu quarto, em sua cama, com roupas limpas e confortáveis. Procurou o seu marido ao redor e se descobriu sozinha.

A porta foi aberta e Mirtes entrou.

— Ah, graças a Deus, a senhora acordou. O médico acabou de sair.

— Onde está meu marido?

— Ele voltou para apagar o fogo, depois que a deixou sob os meus cuidados.

A lembrança da tragédia a atingiu e o choro voltou com facilidade.

— Oh, Mirtes, meu hotel pegou fogo... — ela lamentou.

— Não fique aflita, milady, o médico deixou claro que a senhora não pode ficar nervosa.

— O médico? — Então Alphonsine lembrou-se da dor em seu ventre antes de desmaiar e levou a mão à barriga. — Meu bebê!

— Se acalme, milady, por favor. Seu bebê está bem. Foi

apenas um pequeno sangramento, o médico disse que não foi grave. — A criada acalmou os seus temores.

— Ah, graças a Deus, eu pensei que o tivesse perdido.

— Seu bebê é forte. — Mirtes abriu um sorriso complacente e quando percebeu que a lady tentava se levantar, a impediu. — Não foi nada grave, mas a senhora deve permanecer em repouso até que o doutor volte, em uma semana. Ele foi bem claro em suas especificações. Nada de esforços, subir ou descer escadas, sua alimentação deve ser leve e seu marido terá que dormir em uma cama separada da senhora. — Ao citar aquilo, a criada corou, mas o médico tinha mesmo informado que eles deveriam evitar relações conjugais até segunda ordem. — Foram ordens do Dr. Calais.

— Tudo bem. — Alphonsine voltou a se deitar. — Você tem notícias do hotel?

— Nenhuma ainda, milady. Mas não se preocupe, o seu marido está lá, tudo vai ficar bem.

— Oh, Mirtes, quem pode ter feito algo assim?

— Como assim, milady?

— O incêndio. Elijah e eu estávamos lá, e não havia nenhuma vela ou fogo. Então, não pode ter sido acidental.

— Eu nem posso imaginar, milady, mas se foi causado por alguém, a polícia irá encontrar o culpado e ele pagará por isso.

Alphonsine apenas concordou com a cabeça e olhou para o teto com a tristeza lhe fazendo chorar.

— Milady, não fique assim, casas podem ser reconstruídas. Depois a senhora manda fazer outra casa no local e ela vai ficar ainda melhor do que a anterior. — A criada tentou mostrar uma visão mais otimista, preocupada com o sofrimento que via no rosto de sua senhora.

Alphonsine não queria ser consolada naquele momento, queria chorar e se lamentar até que toda tristeza passasse. Então, se virou para o lado e abraçou o travesseiro em posição fetal. Em silêncio, deixou que as lágrimas caíssem.

Ao ver que a lady não queria conversar ou companhia, Mirtes a deixou.

A criada havia acabado de fechar a porta do quarto da sua senhora, quando viu Elijah aparecer no início do corredor. Ele estava sujo e parecia cansado.

— Como ela está? — Elijah perguntou, ao se aproximar de Mirtes.

— Ela está muito abalada, mas fisicamente bem. Deve permanecer em repouso por causa do sangramento que teve.

— Obrigado, Mirtes. Por favor, peça para que preparem um banho rápido para mim, não quero vê-la neste estado, tão sujo.

— É claro, milorde. Pedirei que o seu criado pessoal suba.

Mirtes se afastou rapidamente para fazer o que lhe foi pedido e Elijah foi para o seu quarto. Queria estar limpo para poder abraçar sua esposa e acalentá-la.

Pouco mais de um quarto de hora depois, quando estava limpo e vestia uma nova muda de roupas, Elijah foi para o quarto de sua esposa. Quando não obteve resposta para as batidas na porta, ele girou a maçaneta e entrou.

Alphonsine estava encolhida na cama, ela parecia dormir, tranquila.

Elijah se aproximou em silêncio, afastou as cobertas para se deitar ao lado dela e a abraçou com cuidado para não a acordar.

Beijou os cabelos dela que ainda estavam com cheiro de fumaça e ela se remexeu.

— Você voltou.

— Voltei — ele respondeu, afrouxando o abraço para que ela pudesse se virar e olhar para ele. — Como você está?

— Bem, eu acho — ela respondeu em um sussurro. — Sobrou algo?

— Nada que possa ser usado. Precisaremos demolir o que restou e reconstruir tudo.

Alphonsine suspirou, já imaginava que não sobraria nada quando viu que as chamas haviam alcançado os andares superiores.

— Eu deveria ter feito o seguro — ela resmungou, arrependida.

— Na verdade, eu fiz. Pensei ter dito a você.

— Não contou. Quando isso aconteceu?

— Há umas duas semanas o responsável pelo seguro, um tal de Sr. Marchal, veio aqui para saber se iríamos querer manter o contrato que ele tinha com lorde Hammilton. Ele veio pela manhã e não podia esperar para vir à tarde, e você estava indisposta para recebê-lo, então eu assinei a papelada do seguro. Foi no mesmo dia que eu recebi a resposta da carta do meu pai.

— Lembro-me de você falando sobre a carta, mas acho que se esqueceu de contar sobre o seguro.

— Bem, o que importa é que está no seguro.

— Sim... — Alphonsine sorriu, sentindo um fio de esperança brotar. — Vai demorar muito mais do que eu gostaria, mas ainda poderemos construir o hotel.

— Certamente. E será o hotel mais fabuloso de Bath. Poderá se chamar Fênix — sugeriu.

— Que nome horrível para um hotel. — Alphonsine revirou os olhos.

— Mas faz todo sentido. Ele renasceu das cinzas — explicou.

— Oh, céus, não acredito que vou concordar com isso. — Alphonsine suspirou e abraçou o seu marido. — Só você para me fazer rir, depois de um dia como esse.

— Nós vamos superar isso. Vamos ficar bem.

— Eu só gostaria de saber quem começou o incêndio — confessou, depois de um tempo em silêncio.

Elijah respirou profundamente. Alphonsine devia saber a verdade.

— Eu sei quem foi.

— Conte-me.

— Quando ouvimos o barulho da porta batendo, eu olhei pela janela e vi um homem correndo de nossa porta até uma carruagem no outro lado da rua e nessa carruagem eu reconheci lorde Rivent. O maldito ainda teve a audácia de aparecer lá depois para fingir inocência.

— Mas que crápula! Eu nunca imaginaria que ele fosse capaz de fazer algo assim. Eu sei que o provoquei vendendo as ações dos investimentos dele, mas nunca pensei que ele se vingaria dessa forma.

Alphonsine estava surpresa com aquela revelação e a tristeza começava a dar lugar à ira.

— Não se preocupe. Eu darei um jeito nele. — A frieza na voz de Elijah deixou Alphonsine apreensiva e ela entendeu o motivo. Ele estava planejando uma nova vingança

Saber daquilo fez toda a ira dela arrefecer.

— Não. Vamos deixar isso para lá. Ele já se vingou por eu ter vendido as ações dele para a concorrência, se fizermos igual a ele, essa vingança nunca mais terá fim e criaremos um inimigo que pode nos atormentar pelo resto da vida.

— Eu não tenho medo de um covarde como ele. Ele transformou o seu hotel em cinzas, quase tirou você de mim e quase matou nosso filho. Ele tem que pagar por isso.

Alphonsine entendia o que o seu marido queria dizer, mas sabia que a vingança não era a resposta. Não queria que a vida deles se resumisse a uma vingança atrás da outra.

Se eles respondessem a vingança de lorde Rivent com mais vingança, criaria um ciclo infinito de ódio e inimizade, e eles nunca conseguiriam viver em paz, pois sempre temeriam um novo ataque.

— Elijah, por favor, eu não quero perder você novamente para a vingança. Isso seria ainda mais doloroso do que ver o meu sonho queimar. Você me prometeu que não me machucaria novamente, então, por favor, não se deixe levar pela vingança de novo. O hotel está segurado e eu e o bebê estamos bem, então não houve nenhum prejuízo que não possamos cobrir. Eu vou reconstruir o hotel, você vai investir em fábricas e nós seremos uma família feliz. Criaremos o nosso bebê em um lar amoroso e é apenas isso que importa. Quero uma vida tranquila, e não teremos isso se fizermos inimigos.

Elijah a abraçou. Não se deixaria levar pela vingança, mas não podia deixar lorde Rivent sair impune. Poderia não fazer nada contra ele, mas deixaria claro o que achava do homem ameaçando a segurança de sua família.

— Se é isso que você quer. Não irei fazer nada contra ele.

— Prometa que não se vingará. — Alphonsine ergueu-se nos cotovelos para olhá-lo nos olhos.

— Prometo — ele concordou e ela o beijou, contente com a resposta dele.

— Que bom. Eu o amo, sabia?

Elijah sorriu com a declaração. Ela ainda não tinha dito as palavras, e ele sentiu o coração aquecer.

— Eu a amo mais.

♥

Elijah esperou sua esposa adormecer em seus braços e assim que ela estava em sono profundo, saiu da cama com cuidado para não a acordar. Ele chamou o seu criado pessoal e o incumbiu de uma missão, descobrir o endereço de lorde Rivent.

Algumas horas depois, o seu criado voltava com um endereço do homem, e Elijah pediu que selassem o seu cavalo. Ele pretendia fazer uma visita ao nobre.

Elijah chegou ao endereço: uma casa alugada simples demais para um nobre como Rivent. Ele deveria ter sido bastante afetado com a venda das ações. Desejava que tivesse falido e que apodrecesse em uma prisão, mas não estava ali para se vingar, apenas para dar um recado.

Bateu à porta e um criado a abriu.

Elijah empurrou o homem para longe e entrou na casa, procurando o nobre.

Encontrou-o no quarto, deitado com o rosto inchado pelos socos que Elijah desferiu mais cedo.

Assim que viu Elijah, lorde Rivent levantou-se assustado e colocou a cama entre eles.

— Não se preocupe, não vim aqui lhe matar, por mais que você mereça — Elijah informou, ao ver que o homem estava em posição de defesa.

— Você é louco. Eu não fiz nada.

— Eu sei que foi você o responsável pelo incêndio no hotel de minha esposa.

— Essa é uma acusação grave, o senhor tem alguma prova?

— Eu vi o que aconteceu. Eu o vi na carruagem instantes

antes. Eu e minha esposa estávamos no hotel quando o fogo começou. E isso me fez questionar se seu intuito era incendiar apenas o hotel, ou se o alvo era a minha esposa.

— Eu jamais faria nada contra sua esposa. A tenho em grande estima, éramos sócios.

— Até ela vender as suas ações para concorrência — Elijah apontou. — Eu sei o que minha esposa fez.

As palavras de Elijah enfureceram lorde Rivent.

— E você sabe o que aconteceu depois? Eu fali. Por culpa dela, eu perdi tudo. Os prejuízos de um incêndio não são nada perto do que aconteceu a mim. Por causa de sua esposa, eu estou falido! Eu não tenho mais nada além do meu título.

Elijah rodeou a cama e avançou em passos largos, prensou lorde Rivent contra a parede, agarrando-o pela gravata e o ergueu para que seus rostos ficassem próximos.

— Você quase matou minha esposa e meu filho — Elijah expôs.

— E-eu não sabia que havia alguém dentro.

— Eu lhe dei apenas alguns socos, mas saiba que se você fizer qualquer coisa que possa de alguma forma prejudicar a minha esposa, eu abrirei o inferno sobre sua cabeça e se você acha mesmo que sua vida está ruim agora, então conhecerá o significado da dor e da miséria. Eu cavarei seu túmulo e o enterrarei nele sem nem pensar duas vezes. Então pense bem antes de levantar um dedo contra ela novamente. — Elijah o soltou, deixando-o cair com força na cadeira e alinhou seu casaco, como se não tivesse acabado de ameaçar o homem à sua frente. — Para sua sorte, eu prometi à minha esposa que não iria fazer nada mais contra o senhor, e, por isso, sinta-se grato. Agora que estamos conversados, passar bem, lorde Rivent.

Elijah se retirou da presença daquele homem e voltou para casa, sentindo-se um pouco mais leve. Como prometido, não se vingaria, mas havia dado o seu recado e isso para ele era o suficiente.

Capítulo 25

Uma semana depois...

Elijah estava tomando o café sozinho.

Alphonsine já tinha sido liberada pelo médico do repouso absoluto, mas ela ainda estava proibida de pegar peso, e como pela manhã ainda tinha alguns desconfortos, ela expulsava seu marido do quarto para que ele não precisasse de incomodar com os vômitos dela.

O lorde tinha dito a ela que não se incomodava, mas Alphonsine tinha sido irredutível em ficar sozinha durante seus mal-estares.

Dessa forma, lorde Crosbey continuava a fazer sua refeição matinal sozinho.

Naquela manhã, entretanto, o mordomo o interrompeu ao informá-lo que havia uma visita para ele, e quando viu o nome no cartão, Elijah ficou ainda mais surpreso. O seu pai estava ali.

Lorde Crosbey ordenou ao criado que levasse seu pai para a sala de visitas. Limpou os lábios com o guardanapo e se levantou da mesa, deixando o seu café pela metade.

Estava um pouco nervoso, pois não sabia como se daria a conversa com o seu pai. Havia muita coisa não dita entre eles e que precisavam ser conversadas antes de tudo.

Dirigiu-se para a sala de visitas e esperou que o mordomo levasse o seu pai para lá.

— Lorde Hawkish, seja bem-vindo.

— Acredito que você ainda se lembre que sou seu progenitor, então prefiro que se refira a mim pelo termo correto — o homem respondeu, sério.

— Seja bem-vindo... pai.

— Agora está melhor — o homem respondeu, enquanto se sentava em uma das poltronas. — Este lugar está bastante diferente. Sua esposa tem um gosto refinado.

— Ela tem sim. — Elijah sorriu ao ver a aprovação do pai. — Como foi sua viagem?

— Foi boa. A Grécia continua encantadora como sempre — comentou, com um sorriso. — Retornei ontem da viagem e soube do incêndio, uma lástima.

— Sim. Minha esposa ficou muito abalada. Estávamos lá quando começou.

— Eu descobri pelo jornal que lá seria um hotel. É um investimento interessante.

— Sim. O hotel pertence à minha esposa.

— Não seria a você?

— As coisas entre nós têm um caráter mais individual. O hotel é unicamente dela. Em breve também farei alguns investimentos, ainda estou pesquisando sobre as fábricas e outros ramos em que eu possa investir também.

— É bom vê-lo pensando no futuro — o pai o apoiou. — Apesar de que ainda não entendo o porquê dos bens de vocês estarem separados.

— Minha esposa foi a responsável por todo o investimento durante o período que eu estive na guerra, ela que multiplicou o dinheiro e cuidou de todos os negócios e investimentos. Então é justo que tenha toda a liberdade para usufruir dos ganhos que obteve com seu esforço.

— Bem, eu não tenho nenhum bom conselho para lhe dar sobre o seu casamento, e se para você deixar sua esposa ter seu próprio dinheiro permite que vivam em harmonia, então não há motivos para eu me intrometer. Sua esposa se mostra uma mulher sábia, não acredito que ela vá gastar o seu dinheiro com futilidades.

— O dinheiro é dela, pai. E se ela quiser comprar um milhão de laços e fitas, eu não vou julgar, porque ela faz o que bem quiser com o que é dela.

O conde franziu o cenho.

— Bem, não julgarei suas decisões.

— Eu agradeço por isso.

Os dois homens ficaram alguns minutos em silêncio.

— Por que não me contou a verdade quando eu o acusei de tê-la matado? O senhor poderia ter se defendido, mas apenas ficou em silêncio.

Lorde Hawkish suspirou pesadamente e olhou para cima, como se tentasse recordar momentos há muito esquecidos.

— Eu estava de luto. Para mim, sua mãe havia morrido naquele dia e eu havia ajudado a matá-la. Eu havia fracassado no meu casamento e o peso disso me deixou completamente inerte por algum tempo.

Novamente se fez silêncio enquanto Elijah assimilava aquelas palavras.

— O senhor a amava?

— Não foi o meu coração que foi partido, e sim o meu orgulho. Saber que eu não era suficiente, que a vida que eu dei a ela não era o bastante, me atingiu profundamente, eu passei anos pensando que ela estava feliz, para então descobrir que nunca foi feliz ao meu lado. — Lorde Hawkish foi sincero. — Eu não conseguia lidar com seus problemas quando estava lidando com meus próprios.

Elijah passou os dedos pelos cabelos enquanto exalava profundamente.

— Eu lhe devo desculpas por tê-lo acusado de um crime que o senhor não cometeu.

— Você não tinha ciência da verdade, eu e sua mãe o levamos a chegar a essa conclusão.

— Isso é verdade, mas, ainda assim, peço que aceite minhas desculpas.

— Nesse caso, também peço que me perdoe por esconder a verdade.

Elijah abriu um sorriso amarelo.

— Eu o perdoo.

— Então nós dois estamos perdoados — o homem concordou.

— Deixemos essa história no passado. Vamos falar mais interessantes. Você... digo, sua esposa vai reconstruir o hotel?

— Sim, ela não pretende desistir dele, apesar de tudo.

— E você pretende investir em fábricas? — o homem perguntou, se acomodando melhor na poltrona.

— Sim, decidi que quero isso.

— Por quê?

Elijah franziu o cenho diante daquela pergunta.

— As fábricas estão crescendo e se tornando um investimento cada vez mais rentável.

— Isso é verdade. Mas o que quero saber, é se você quer investir apenas por investir, ou se tem interesse apenas em fábricas.

— Bem, inicialmente eu pensei em fábricas, já que é o que tem estado em alta, mas estou aberto a outros tipos de investimentos.

O homem balançou a bengala sem tirá-la do chão.

— O quanto sabe sobre os meus negócios?

Elijah franziu o cenho.

— Não muito, admito. Faz pouco tempo que descobri a verdade sobre a mamãe e, até então, eu tentava me manter afastado de tudo que era considerado seu.

— Bem, já deveríamos ter tido essa conversa, mas as circunstâncias tornaram impossível antes disso. Como bem sabe, você é o herdeiro legal de Hawkish, e todas as propriedades irão para você depois de minha morte. Durante a última década, eu adquiri mais hectares e aumentei consideravelmente a produção de algodão e grãos em geral. Eu forneço matéria-prima para boa parte das fábricas daqui até Londres. Se você estiver mesmo interessado em construir alguma fábrica nas propriedades que possuo, eu não serei contra, porém, gostaria que antes de se decidir pelas fábricas, você concordasse em continuar o que eu comecei no ramo de produção agrícola. Eu já estou velho e não consigo dar conta de tudo sozinho, pensei que você pudesse assumir algumas responsabilidades do título.

Elijah pensou sobre o que o seu pai disse. Ele ficou muito tempo longe de tudo que envolvesse o condado e, por isso, estava completamente alheio aos investimentos e negócios firmados por seu pai. Ficou envergonhado. Se ele não tivesse se deixado levar pela vingança, hoje certamente seria um homem diferente.

Elijah só pôde concordar com aquela oferta. Seu pai o havia perdoado sem qualquer ressentimento e o tratava como sempre o fizera. O mínimo que ele poderia fazer era concordar com a vontade do homem e tentar ser um bom filho, assim como tentava ser um bom marido.

— Ficarei feliz em assumir o seu legado.

Epílogo

12 de Janeiro de 1818

Alphonsine acabava de chegar em casa com o seu marido, depois de conferir se tudo estava perfeito no hotel para a inauguração que aconteceria no dia seguinte. Sentia-se ansiosa e precisava de um banho para relaxar, mas antes iria ver sua filha. Por ser tarde da noite, provavelmente, ela estaria dormindo, mas não importava, tudo que precisava era dar-lhe um beijo de boa noite.

Ela pediu que os criados enchessem a banheira no quarto do casal e seguiram para o quarto da bebê, ficando alguns minutos vendo a pequena Cristine.

A gestação da pequena, apesar de ter continuado com os enjoos matinais até o último dia, havia sido tranquila e sem mais nenhuma complicação. E apesar de estar nervosa durante o parto, a pequena Cristine nasceu poucas horas depois de Alphonsine começar a sentir as contrações.

Ela ficou completamente apaixonada pela filha no momento que a viu. Era uma coisinha miúda, careca, rosada e enrugada, mas aos olhos de Alphonsine e de Elijah era a criatura mais linda do mundo.

Elijah havia ficado o tempo inteiro ao lado de Alphonsine, apesar do médico e da criada terem tentado expulsá-lo diversas vezes do quarto. E quando a criança nasceu, era ele quem chorava emocionado.

Alphonsine sentiu-se realizada ao ter uma filha linda e saudável e um marido tão maravilhoso, que a mimava e declarava o seu amor por ela todos os dias.

Elijah a abraçou como se imaginasse os seus pensamentos e beijou seus cabelos. Em seguida a chamou para irem para o quarto deles, onde podiam finalmente descansar um pouco na enorme banheira que Elijah encomendara para eles.

Ao entrar no quarto, Alphonsine notou que havia alguns objetos na mesinha ao lado de sua cama. Ela rapidamente reconheceu o perfume e o pó afrodisíaco.

Mirtes deveria tê-los tirado do baú quando foi pegar o vestido que ela havia encomendado quando esteve em Londres para que ele fosse arejado. Fazia quase quatro anos que aqueles objetos estavam guardados.

— Anjo, o que tem aí? — Elijah perguntou, curioso, ao ver que sua esposa estava entretida com algo.

Alphonsine então teve uma ideia.

— Amor, por que não pega um pouco de vinho para nós? Acredito que possamos comemorar hoje só nós dois, já que amanhã estaremos com o hotel cheio de gente — ela pediu, sedutora.

— Eu gosto dessa ideia.

Alphonsine esperou o marido sair e colocou um pouco do perfume na água e em si mesma. Queria ver se a poção e o perfume realmente funcionavam.

Quando Elijah voltou, com a taça de vinho nas mãos, encontrou sua esposa nua na banheira. Abriu um sorriso malicioso e serviu uma taça de vinho para os dois.

Enquanto ela degustava o vinho, ele retirou as roupas e entrou com ela na banheira, sentando-se por trás dela.

Elijah enfiou o nariz nos cabelos dela e inspirou fundo, sentindo o cheiro delicioso de sua esposa. Amava aquele cheiro que ela tinha quando o desejava. Apesar de que naquela noite ele estava bem mais forte e sedutor.

Beijou o ombro dela e com as mãos começou a apalpar o corpo de Alphonsine. Logo estava duro. Ela lhe ofereceu o vinho e ele o aceitou tentando se distrair um pouco, caso contrário, iria possuí-la ali mesmo na banheira.

Entretanto, o vinho, em vez de arrefecer um pouco o seu desejo, o intensificou. Entornou a taça de uma única vez e colocou-a no chão, vazia.

Virou sua mulher para que ela ficasse de frente para ele e a colocou em seu colo. Agarrando as nádegas dela, a beijou com volúpia.

Alphonsine sentia que o seu marido parecia mais urgente e mais faminto por ela, e constatou a eficácia do perfume e da poção. Sorriu enquanto se deixava levar pelas carícias do marido.

Quando já não aguentava mais de tanto desejo, Elijah a retirou da banheira e a levou para a cama. Assim que se deitaram, ele a penetrou.

Adorava os sons que sua mulher fazia quando ele a preenchia. Os gemidos dela o deixavam ainda mais duro e o prazer só aumentava quando ela se contorcia embaixo dele.

— Elijah, se derrame dentro de mim, hoje — Alphonsine pediu, entre um gemido e outro, e aquilo enlouqueceu o homem.

Desde o nascimento de Cristine, eles conversaram para que não tivessem outros filhos até que o hotel estivesse pronto, pois Alphonsine não queria parar novamente a construção por causa de outra gravidez, e para fazê-la feliz, ele concordara com aquilo, apesar de querer muito um herdeiro.

A verdade é que não havia nada que ele conseguisse negar à sua esposa. Fazia três anos que ele não tinha seu clímax dentro de sua esposa, e ele sentia falta daquela sensação.

— Você tem certeza? — ele perguntou, diminuindo os movimentos para se certificar.

— Sim. Quero sua semente em mim — ela respondeu e rodeou os pés nas costas dele para que ele não se afastasse.

Ele não se afastaria dela nem se o mundo estivesse ardendo em fogo. Aquilo era tudo o que queria.

Elijah acelerou os movimentos e não demorou muito para alcançar o clímax. Entretanto, diferente das outras vezes, seu desejo não diminuiu e ele continuou arremetendo. Continuava duro como pedra e aproveitaria aquilo para fazer sua esposa alcançar o paraíso.

Virou-a de bruços como sabia que ela gostava e a colocou sob quatro apoios. A penetrou novamente e com uma mão alcançou o ponto pulsante no centro das pernas dela.

Uniu o movimento dos quadris ao das mãos, rapidamente Alphonsine começou a se contorcer e se apertar ao redor do membro enrijecido de Elijah.

Quando os gemidos dela se transformaram em súplicas para que ele não parasse, Elijah acelerou ainda mais os movimentos e ela estremeceu ao redor dele ao alcançar o êxtase.

Elijah continuou enrijecido e sedento por sua esposa e continuaram a fazer amor por um bom tempo.

Alphonsine nunca tinha visto o seu marido tão insaciável, quando mais tarde, naquela noite, ela finalmente conseguisse dormir, chegaria à conclusão de que usar a poção afrodisíaca toda de uma única vez com o seu marido não havia sido uma escolha muito sábia.

Entretanto, quando voltasse a Londres para comprar mais, descobriria que seus efeitos só valiam por um ano.

♥

Na noite seguinte...

Alphonsine estava nervosa, ninguém a preparou para aquele momento e ela temia que fizesse algo errado e todo o seu esforço e cuidado desmoronassem.

— Amor, não fique nervosa. — Elijah apertou a mão enluvada dela. — Vai tudo dar certo.

— Eu não consigo evitar. Tem muita gente lá fora.

E realmente havia. Naquele dia iriam inaugurar o Fênix. Quase quatro anos depois do incêndio, finalmente ele havia ficado exatamente como ela sonhou.

— Então vamos abrir logo as portas para que entrem.

Foi preparada uma cerimônia de inauguração e já estava na hora de abrir a porta para a multidão que parecia eufórica do lado de fora.

— Está bem, como eu estou?

— Maravilhosa, como sempre.

Alphonsine havia mantido o projeto suspenso até o nascimento de sua filha por instrução do médico, e não se arrependia de ter esperado e com isso aproveitado sua gravidez ao lado de seu marido.

Entretanto, o sonho de construir o hotel, nunca arrefeceu e seis meses depois que sua filha havia nascido, ela voltou à construção.

O hotel foi construído todo do início. Um projeto novo foi feito, novos arquitetos e construtores foram contratados, e Alphonsine não economizou para garantir que a construção não sofresse nenhum atraso e contasse com o melhor. Então, depois de dois anos, o hotel finalmente estava pronto para ser aberto ao público.

Alphonsine respirou fundo, apertou a mão do seu marido que estava ao seu lado e ele lhe deu um sorriso caloroso. Nos olhos dele era possível ver o orgulho que ele sentia e isso a encheu de confiança.

Ela criou coragem e resoluta ordenou que as portas de seu sonho fossem abertas para o mundo.

FIM

Nota da Autora

Olá, caro leitor, obrigada por ter lido até aqui. Antes de me despedir, preciso lhe informar que usei de liberdade criativa para permitir que nossa protagonista pudesse ter um pouco de autonomia econômica.

Naquela época, as mulheres casadas tinham seus direitos de propriedade administrados por seus maridos. Se a mulher tivesse alguma propriedade e se casasse, ou se depois de casada, ela adquirisse alguma propriedade, aquela propriedade passaria a ser de seu marido. Mulheres casadas também não podiam fazer testamentos ou dispor de qualquer propriedade sem o consentimento dos maridos, pois legalmente todos os seus bens pertenciam a eles. Depois de casadas, a única via legal pela qual as mulheres podiam reclamar propriedades era a viuvez.

A mesada mensal que as mulheres recebiam de seus maridos, conhecida como *Pin Money*, era o único dinheiro que não estava sujeito ao controle de seu marido. Esse dote era a única propriedade separada que as mulheres casadas podiam possuir e controlar de acordo com a lei de sigilo. Além disso, as mulheres casadas não eram entidades legais, muito menos econômicas.

A situação jurídica das mulheres casadas as impedia de

participar unilateralmente do sistema legal civil. Ou seja, uma mulher não poderia ser processada ou acusada sem que o marido também o fosse. Elas não podiam fazer seus próprios testamentos para dispor de sua propriedade pessoal, exceto com o consentimento dos maridos.

A sociedade via as mulheres como propriedade dos homens e, como uma propriedade não tem direito a nada, as mulheres também não tinham.

Enfim, espero de coração que você tenha gostado dessa história tanto quanto eu.

Com todo carinho do mundo,

Michaelly Amorim.

229

230

CONHEÇA OS OUTROS LIVROS DA AUTORA

SÉRIE AMORES INDECENTES
COMO SEDUZIR UM CONDE
COMO NÃO SE APAIXONAR POR UM DUQUE
COMO IRRITAR UM LORDE
COMO SE AVENTURAR COM UMA CONDESSA
COMO NÃO ODIAR UM MARQUÊS

SÉRIE AMORES INESPERADOS
UM CASAMENTO PARA O BARÃO
O RAPTO DA PRINCESA

FANTASIA/CONTO DE FADAS
O CANTO DA CORUJA

CONTO DE ÉPOCA
O DESTINO DE LADY ANNE

232